탈서울 지망생입니다

탈서울 지망생입니다

'나만의 온탕' 같은
안락한 소도시를 선택한
새내기 지방러 14명의 조언

김미향 지음

한겨레출판

차례

1
험난한 서울살이, 자취만렙의 최후

2

한 달이라도 살아보자

3

탈서울 체크리스트

4
서울 아닌 곳에서 행복을 찾은 7인의 기록

5

'나만의 온탕'에 필요한 조건들

일러두기

1. 일부에서 '지방' 대신 '지역'이란 단어로 바꿔 쓰자는 움직임이 있다. '지방'이란 단어가 비수도권을 비하하는 의미로 변질되고 있다는 취지에서다. 하지만 이 책에서는 표준국어대사전에서 설명하는 명사 '지방'地方의 뜻 '서울 이외의 지역'을 기준으로 삼아 '지방'이란 단어를 일상적으로 사용했다.

2. '지방에 내려가다', '서울에 올라가다'는 표현이 서울 중심적인 차별 언어에 속한다는 주장이 있다. 이 책에서는 지도상 서울보다 실제 위도가 낮은 지역으로 이동할 때에 한해, 일상에서 자연스럽게 쓰는 표현을 반영하고자 '고향에 내려가다', '서울에 올라가다'를 일부 사용했다.

3. '탈서울'을 고민하는 과정에서 저자는 2021년 총 14명을 인터뷰했으며 모두 출판 동의를 받았다. 특히 4장에 등장한 7명의 인터뷰이들은 20~40대 한창 일할 나이의 젊은이 중 서울에서 살다가 어떤 이유로든 서울이 아닌 곳으로 이사해 사는 경험담을 책에 기록해 우리 사회가 발전적인 방향으로 갈 수 있도록 아이디어를 나눈다는 인터뷰 취지에 동의해주신 분들이다. 편의를 위해 일부를 제외하고 실명 대신 별명 및 가명으로 기술했다.

프롤로그

이게 어디에서 온 마음일까. 나는 조금 혼란스러웠다. 서울에서 사는 건 오랜 시간 나의 바람이었다. '인서울'이란 단어가 지금처럼 많이 쓰이지 않았던 시기에 어린 시절을 보냈음에도 나는 매일매일 서울에서 사는 걸 꿈꿨다. 서울 중심부에서 일하는 바쁜 직장인이 되고 싶었다. 그런데 정작 그렇게 산 지 10년 가까이 됐을 때, 나는 생활에 만족하지 못하고 있는 것을 깨달았다. 그토록 원했던 곳에 살고 있지만 왜 즐겁지 않을까.

언제부턴가 '탈脫서울'이란 그럴싸한 단어가 눈에 들어왔다. 매일 탈출각을 세웠다. 몇 년 전부터는 구체적으로 다른 지역에서 사는 계획을 세웠고, 회사에서 서울이 아닌 지방 근무를 할 기회가 있으면 손을 번쩍 들었다. 1년 전부터는 아주 구체적이고 치밀하게 따져보기 시작했다. '탈서울' 예행 연습으로 긴 휴가를 내고 3주간 고향에 가서 살아보기도 했다. 쉽게 결심이 서지 않자 주변을 둘러봤다. 새 근거지를 찾아 지방에 간 사람들을 만나 고민을 나눴다.

작년과 올해만큼 뉴스에서 '탈서울'이란 단어를 자주 본 적이 또 있을까. 사실 지방에서의 삶을 상상하며 글을 끄적이기 시작한 2020년 가을에만 해도 이 단어는 마치 내가 소유한 것처럼 느껴지곤 했었다. 많은 사람이 이 단어를 잘 쓰지 않거니와 어디서 보기도 힘든 단어였다. 나는 온라인 글쓰기 플랫폼에 내 별명을 '탈서울'이라 짓고 "역시 잘 지었어" 하며 기분 좋아했다. 친구를 만나 대화하면서 '언젠가 나 탈서울할 거야'라고 말하면 후련한 느낌이 들었다. 많은 사람이 살고 싶어 마지않는 지역 앞에 '탈脫'을 붙이며 느껴지는 그 의외성이 좋았다.

하지만 지난해부터 신문 1면에서, 포털 온라인 뉴스 메인화면에서 떡하니 '탈서울'이란 단어를 봤을 때 나는 적지 않게 당황했다. 2021년 여름쯤이 되자 "탈서울 인구 15만 명, 5년 만에 최고치[1]" 같은 기사가 여기저기서 나타나기 시작했다. 아, 나와 비슷한 생각을 한 사람들이 많구나.

서울을 떠나고 싶다는 생각을 언제부터 했는지는 정확히 기억나지 않는다. 다만 언제부턴가 서울에 산다는 것이 무척 고단한 일이라 생각하게 되었다. 그렇게도 원했던 서울살이에서 답을 찾지 못하고 30대 중반에 길을 잃어버렸을 때, 나는 왜 다른 삶을 꿈꾸는지 고민하는 과정을 적기 시작했다. 탈서울을 원하면서도 쉽사리 결정할 수 없던 나는 먼저 결정한 사람들에게 조언을 구했다. 먼저 고민한 14명의 이야기를 2021년 몇 달에 걸쳐 들어보았다. 이 과정에서 나는 내가 원하는 것이 무엇인지 좀

---

1   2021년 6월 주민등록 기준 서울 인구(956만 5,990명) 1년 전에 비해 15만 4,856명(1.59%) 감소. 행정안전부 집계.

더 알게 되었다. 그리고 지방의 기회 없음과 서울 과밀, 수도권 쏠림 현상이라는 우리나라의 안타까운 사회구조도 눈에 들어왔다. 지금처럼 수도권에 모든 것이 몰려 있어 다른 지역은 살 만한 곳으로 선택받지 못하는 현실이 눈에 들어왔다. 몇 편의 글을 끄적이다 한겨레출판사의 사내공모에 원고가 당선되어 이 책이 세상으로 나오게 되었다.

이 책은 어느 지역에서든 더 나은 삶을 위해 도전하는 마음과 그 마음을 실행하고자 하는 사람들의 이야기다. 탈서울은 좀 더 나은 삶을 살겠다는 도전 의식이 있는 분들의 것이었다. 조금 다른 삶을 먼저 시도한 사람들은 자신의 삶을 바꾸고자 하는 의지가 큰 사람들이었고 변화를 감내할 용기가 있는 사람들이었다. 고민 많고 실행력이 부족한 나는 잠시 서울 어귀에 자리 잡았지만 긴 탈서울의 여정 속에 아직 몸을 맡기고 있다.

뜨거운 열탕 같은 대도시의 열악한 삶 그리고 사회 인프라가 거의 없는 냉탕 같은 농어촌, 둘 중에 선택할 수밖에 없는 우리나라 현실에서 좀 더 쾌적하고 살 만한 온탕 같은 중소규모 도시들이 많아졌으면 좋겠다. 서울의 높은 집값과 그로 인해 지방으로 이사를 고민하는 사람들의 현실적인 선택에 이 책이 조금이라도 도움이 된다면 기쁠 것 같다. 탈서울과 로컬살이에 관심이 있어도 지방에는 사회적 기회가 부족한 현실에 대해 이 책을 통해 많은 사람들과 이야기를 나누고 싶다.

험난한 서울살이,
자취만렙의 최후

1

내가 탈서울을 생각하게 된 이유

※

서울에서 내 방은 대부분 가파른 오르막 꼭대기에 위치해 있었다. 건강한 다리가 있으니 운동하는 셈치고 그런 방에서 주로 살았다. 간혹 엘리베이터 없는 4층 빌라의 4층에도 있었다. 피터팬의 방 구하기 카페나 직방 같은 앱을 보다가 사진으로는 상태가 썩 괜찮은 것 같은데 시세에 비해 유난히 저렴한 방을 주로 찾았다. 그런 방들은 대부분 경사를 끼고 있는 방이었다. 좁은 방이 지칠 땐 서울 중심가로부터 먼 외곽으로 나가보기도 했다. 그러다 도저히 장거리 출퇴근을 못 견디겠으면 서울 도심에서 개발이 덜 된 곳을 찾았다. 재래시장 주변에서 방을 구하면 경사 낀 방을 구할 때처럼 조금 쉽게 구해졌다.

하루는 오르막 인생에서 탈출하고 싶다는 마음이 강하게 든 날이 있었다. 남자친구를 데리고 온 날이었다. 지하철역에서 내려 15분쯤 걸으면 내 방이 있었는데, 함께 걷는 15분 동안 많은 생각을 했다. '이것은 커플 등산이 아니다, 우리는 단지 귀가하고 있을 뿐이다, 숨이 차면 조금 쉬었다 가자….' 이렇게 속으로 되뇌었지만 나는 그날따라 입이 얼어붙어 잔뜩 남자친구의 눈치를 보고 있었다. 내가 사는 곳에 대해 상대가 어떻게 생각할까. 가파른 오르막 위에 있는 열악한 자취방까지 연인이 함께 거닌 이야기는 20대 초반 대학생 때나 아름다운 낭만이었다. 30대 중후반인 나는 그날 왠지 모르게 체면이 서지 않았다.

몇 년 전이었을까. 언제부터 내가 서울에서 작은 방을 전전했는지 궁금해 손가락을 펴고 가늠해봤다. 대학교 1학년이 되던 해 3월 1일. 그땐 짐 정리 박스에 생활에 필요한 소지품을 잔뜩 넣어도 네 박스면 충분했다. 그걸 들고 전북에서 서울에 유학(?) 온 대학생들을 위한 기숙사에 짐을 가지고 들어갔다. 그게 나의 첫 서울살이였다. 이듬해 자취를 하고 싶다는 나의 투정에 부모님이 학교 앞에 작은 원룸을 얻어주시면서 그렇게 서울에서의 내 주거 난민 여정은 시작되었다.

처음엔 마냥 좋았다. 그토록 꿈꾸던 서울에 나만의 작은 공간이 있고 방을 하나하나 꾸며가는 게 기분 좋았다. 하지만 그 기분은 몇 년 가지 못했다. 이내 방은 너무 좁게 느껴졌다. 작은 방에서 혼자 사는 생활이 15년 이어졌다. 그렇게 '자취 만렙'을 찍고 나니, 어떻게 하면 자취방을 벗어날 수 있는지가 30대 나의 절체절명 과제가 되었다.

한때는 희망도 있었다. 8년 전 회사에 신입사원으로 갓 취직했을 때 나는 꿈에 부풀어 있었다. 취업만 하면 누구의 도움도 없이 스스로 번 돈으로 사는 곳을 넓히며 잘살 수 있을 거라 생각했다. 취업 후 1년이 지났을 때, 이사를 하며 아버지께 "그동안 키워주시고 가르쳐주셔서 감사하다"라고 말한 뒤 대학 때부터 지원받은 전세 보증금을 모두 돌려드렸다. 나 스스로 구한 집에서 부모님의 간섭 없이 오로지 내 힘만으로 사는 게 나의 로망이었다. 모은 돈은 거의 없었지만 의지는 강렬했다. 그때만 해도 내가 열심히 일하고 저축하면 방을 넓혀갈 수 있을 줄 알았다. 지금 생각하면 어리석은 생각이었다. 좁은 공간에서 어떻게 하면 스트레스를 덜 받으며 사느냐, 서울에서의 삶은 이 목표를 위한 일상 훈련에 가까웠다. 대학 때 첫 자취방이었던 3평 원룸 월세방에서 시작해, 몇 년 뒤 5평 원룸 전세로, 취업 후엔 작은 거실이 달린 10평짜리 1.5룸으로, 그리고 지금은 30년 된 구옥 빌라의 내부를 리모델링한 투룸까지. 내 방들은 조금씩 조금씩 진화해갔지만, 크게 보면 거기서 거기였다.

15년간 서울에서 여러 곳의 자취방을 오간 뒤 나는 완전히 탈진해버린 상태가 되었다. 평생 난 이렇게 사는 것일까. 더 이상 서울에서는 집을 넓혀갈 수 없겠다는 생각에 이르렀을 때 시선은 서울 밖으로 향했다. 어느 날 문득 부모님이 사는 고향의 아파트가 생각났다. 방 세 개에 화장실 두 개, 햇볕이 들어오는 널찍한 거실, 바람이 잘 통하는 부엌. 15년 된 아파트였지만 지금 내가 사는 투룸의 전세가와 비슷했다. 좁은 방을 벗어나 인간답게 살려면 지방으로 가면 되지 않을까? 지방에 가면, 열심히 일해 모은 내 저축액으로 도달할 수 있는 집들이 있었다. 가파른 오르막이 아니라도, 출퇴근 두 시간이 아니라도, 원룸이 아니라도, 30년 된 집이 아니라도, 내가 일해 번 돈으로 사람답게 살 수 있는 집을 구할 수 있을 것 같았다. 어디 부모님이 사는 그 도시뿐이겠나. 서울을 떠나 지방으로 가고 싶은 이유는 단 하나였다. 숨통 트이는 집에서 살고 싶다는 마음, 그것 말고는 없었다. 신선한 공기나 깨끗한 자연 같은 건 두 번째 문제였다.

열탕 VS 냉탕, 온탕은 없나요?

※

"섬 너무 힘든데! 섬 근무 진짜 싫은데!"

때아닌 섬 근무 논쟁이 가족 단톡방에서 벌어지고 있었다. 육아휴직을 길게 쓸 예정인 언니가 출산을 앞두고 복직 이후를 걱정하고 있었다. 육아휴직을 쓰고 복직하면 기피 근무지로 발령이 날 가능성을 피할 수 없다고 했다.

10여 년 전 9급 공무원 시험에 합격한 언니의 첫 근무지는 전라남도의 한 섬이었는데, 그 시절을 생각하면 언니는 벌써부터 복직 후가 걱정된다고 했다. 전남의 공무원들은 섬 근무를 거치지 않은 사람이 없을 정도로 섬 발령이 많은 편이었다. 몇 년 전 인천으로 이동한 언니는 인천 역시 섬이 많은 탓에 언제든 섬 근무지로의 발령을 피할 수 없다고 했는데, 주로 긴 육아휴직을 쓰고 온 사람이 그 주인공이 된다고 했다. 여기서 섬이란 제주도처럼 사람이 많이 오가고 웬만한 시설이 갖춰진 그런 관광지를 말하는 게 아니었다. 도시에서 누리는 생활을 모두 포기할 만큼 외진 곳들이었다.

대도시에서 손바닥만 한 방에서 살기
VS 외진 섬에서 살기

둘 중 한 곳에서만 살라고 한다면 난 뭘 택할까. 둘 다 극한 생활이긴 마찬가지였지만 대학 시절 나는 섬에서 근무하는 언니를 부러워한 적이 있다. 언니의 첫 발령지는 전남 ○○군에서 한 시간 배를 타고 들어가는 600명 인구의 작은 섬이었다. 그 섬에는 면사무소와 파출소, 초등학교 분교, 보건지소 정도가 행정기관의 전부였다. 라면을 비롯해 식료품을 살 곳이라고는 슈퍼도 아닌 '상회'가 유일했다. 한번은 인터넷에서 새우잡이 배에 끌려간 섬 노예 이야기를 봤는데 언니가 근무하는 그 섬이 자꾸 회자되는 것을 보고는 급히 안부 전화를 걸기도 했다.

환경이 열악한 곳이긴 했지만 내가 부러워한 포인트가 하나 있었다. 언니는 그곳에서 관사를 배정받고 살았는데, 넉넉한 방 두어 개와 부엌 그리고 거실이 있었다. 집 앞을 나가면 바다가 보이는 탁 트인 전망에 그야말로 청정 자연을 만끽할 수 있는 곳이었다. 물론 관사라서 주거 비용이 없었다. 그 시절 언니가 맨날 '육지' 발령을 노래 부르면 나는 속으로 '집도 주는데 그냥 살지'라고 생각했다.

대학생이던 나는 서울에서 학교 앞 자취방에 살았는데, 언니의 관사에 놀러 갔다가 이곳에 아주 눌러살면 좋겠다는 생각을 했다. 그때 내가 살던 자취방은 한 3평이 되려나. 부엌은 없이 책상과 장롱이 놓인 방에 화장실 한 칸이 달린 구조였는데, 당시에 부엌이 없는 자취방을 '잠만 자는 방'이라고 불렀다. 이불과 책상, 간이 냉장고, 신발장이면 방이 가득 찼다. 창문은 책상 위 책꽂이로 늘 막혀 있었다. 창문 밖은 사람이 걸어다니는 인도와 맞닿아 늘 막아놓는 게 편했다.

지금 생각하면 아무리 관사를 준다고 해도 섬 근무가 부럽진 않을 텐데, 당시에는 숨통 트인 공간이 마냥 부러웠다. 그래도 그 시절 20대 초반이었던 나는 그 방에 사는 게 그렇게 수고로운 일은 아니었다. 열심히 학교를 다니고, 수업을 듣고, 친구들을 만나 하하호호 웃고, 그렇게 별일 없이 잘 살긴 했다.

잠만 자는 3평짜리 방이 나은지, 섬 근무가 나은지를 두고 비교하는 건 "동네 목욕탕에서 44도 열탕에 들어갈래? 아니면 18도 냉탕에 들어갈래?"라고 묻는 것과 비슷하다. 동네 목욕탕에서 열탕이나 냉탕이나 몇 분 못 견디는 나는 열탕에서 3분 견디고, 냉탕에서 3분 견디다 결국 온탕에 정착하곤 한다. 38~39도 온탕 정도는 되어야 적어도 10분 이상 머물 수 있는 환경이 된다.

지금 내가 사는 세계에선 열탕 아니면 냉탕밖에 없는 것 같다. 열탕은 대도시의 좁아 터진 삶이고, 냉탕은 섬 같은 농어촌에서 사회 기반 시설 하나 없이 살아야 하는 삶이다. 냉탕 사람들은 무조건 열탕으로 가려 하고, 열탕에서 더 이상 못 견디겠다면 갈 곳은 다시 냉탕밖에 없다.

우린 왜 중간 규모 도시에서 적절한 공간과 인프

라를 누리며 쾌적하게 살 수 없는 걸까. 열탕과 냉탕 둘 중 선택하라고 하면 "둘 다 싫어요, 38도 온탕은 없나요?"라고 되물어야 정상일 텐데 아무도 되묻질 않는다. 냉탕에서는 누구나 열탕에 가려 하고 열탕에서는 숨이 막혀도 그걸 견디며 산다.

얼마 전 TV에서 MC 유재석이 진행하는 〈컴백홈〉이란 리얼리티 예능 프로그램을 봤다. 지금은 유명해진 연예인들이 젊은 시절 살던 원룸이나 오피스텔에 다시 방문해보는 이야기다. 그 시절 자신이 살던 방에 지금은 누가 살까, 설레는 마음으로 찾아가 그곳에 사는 이들을 만나 이야기를 나눈다. 하루는 이름이 꽤 알려진 한 가수가 출연해 자신이 20대 때 살던 서울 마포구 홍대 앞의 한 원룸에 방문했다. 마침 거기에는 가수의 꿈을 키우는 한 청년이 살고 있었다. 음악인으로 성공한 가수와 성공한 음악인을 꿈꾸는 젊은이가 방을 매개로 서로 추억을 나눠 갖는다.

TV를 보다가 갑자기 궁금해졌다. 그 시절 나의 '잠만 자는 방'에선 지금 누가 살까. 멀지 않은 곳이니 시간을 내서 찾아가면 금세 알 수 있지만 왠지 다시 가보고 싶지는 않다. 그때의 내 모습을 떠올리는 일이 그다지 내키지 않을뿐더러 지금 그 방에 살고 있는 누군가에게 내가 해줄 말이 없기 때문이다. 미래엔 넓은 집으로 갈 희망이 있다? 따져보면 책임질 수 없는 말인데 그저 예의상 말할 용기는 없었다.

저축으로 방을 넓혀갈 수 있을까

✳

직장 생활을 하며 줄곧 내 꿈은 '삼백'이었다. 그러니까 한 달에 월급 300만 원을 받는 것이 일하면서 내가 설정한 작지만 큰 목표였다. 회사를 몇 년 다녀도 늘 월급 앞자리는 벗어나기 힘든 숫자 '2'였다. 때때로 적은 월급을 한탄하곤 했지만 나는 우리나라에서 임금 근로를 하는 30대 여성들의 딱 평균치만큼을 벌고 있었다.[1]

몇 년 전 한 일간지에 나온 기획 기사[2]를 읽은 뒤 '3'에 대한 간절함은 더 커졌다. 기사에선 미래를 꿈꿀 수 있는 최소한의 월급액이 300만 원이라고 했다. 월급으

---

1 30대 여성 임금근로자의 월평균 소득(세전)은 2019년 294만 원, 2020년 304만 원이다. 통계청 '2020년 임금 근로 일자리 소득'(2022년 2월 발표) 자료 참고.

2 〈[부들부들청년 2부 '월 300'이 가른다] 멀고 먼 '월 300만 원'…지금은 저축도 결혼도 꿈일 뿐〉, 김서영 기자, 경향신문, 2016.2.16.

로 저축도 하고, 연애도 하고, 결혼도 하려면 한 달에 최소 얼마를 벌어야 할까. 이 질문에 취재팀은 '300만 원'이라고 답을 해줬다. 월급액이 300만 원을 넘으면 번 소득으로 미래를 계획해나갈 여유가 있지만 그 이하라면 그저 생활비를 충당하는 정도, 그러니까 하루 벌어 하루 살기 바쁘다고 했다. 그러니까 한 달에 300만 원은 벌어야 하루하루 살아내는 것 그 이상으로 자신의 미래에 대해 고민하고 준비할 여유가 된다는 내용이었다. 현실에선 200만 원도 안 되는 월급으로 먼 미래는 꿈꿀 수 없는 젊은이들이 많다고 했다. 지금은 그로부터 5년이 지났으니 이보다 더 높은 금액일 거다.

회사에 입사하고 한 1년 정도는 직장을 갖게 된 것이 그저 기뻤다. 몇 년간 계속된 백수 생활에서 갑자기 고정적으로 들어오는 월급이 생기니 액수를 불문하고 기분이 좋았다. 하지만 기쁨도 잠시, 살림은 늘 팍팍하게 느껴졌다. 대부분의 생활비는 업무를 위해 사람 만나는 비용으로 나갔다. 점심 저녁 식사와 커피값에 술값이 더해졌다. 일을 열심히 할수록 택시비 같은 이동 비용이 많이 나갔다. 최신 영화와 신간 도서, 각종 콘텐츠 구독에 지출하는 비용도 아낄 수 없었다. 시세보다 저렴한 방으로 옮겨 월세를 줄이고 또 줄여봤지만 저축액이 형편없음은 어쩔 도리가 없었다.

일을 시작하고 몇 년이 지나도 1,000만 원 모으기가 힘들었다. 1,000만 원이 모이면 뭘 할 수 있을까. 생각이 잘 나지 않았다. 1,000만 원이 모여도 내가 할 수 있는 게 딱히 많아 보이지 않았다. 저축이 어려웠던 건 뚜렷한 목표가 없어서이기도 했다. 그저 오늘 하루 쌓였던 스트레스를 해소하는 비용에 많은 돈을 써버렸다. 회사를 다니기 시작한 지 3년쯤 됐을 때였다. 아는 선배가 "넌 어떻게 1,000만 원이 없냐? 일단 1,000만 원부터 모아!"라고 했는데, 그 말을 듣고 정신이 번쩍 들었다. 안 먹고 안 입고(?) 안 돌아다녀야 했다. 그렇게 내 행동반경을 축소하고 또 축소해야 1년에 모을 수 있는 돈이 1,000만 원이었다.

그렇게 3,000만 원을 모아 조금 넓은 자취방으로 옮겼을 때 기뻤던 기억이 난다. 모은 돈에 전세자금대출을 받아 원룸에서 투룸으로 옮겼을 때, 처음으로 내 손으로 무언가 이룬 것 같아 뿌듯했다. 하지만 삶의 질이 크게 나아지진 않았다. 늘 고만고만했다.

직장 생활이 10년 가까이 이어지고 있었지만 소득은 늘 제자리였다. 지출을 줄여야 한다는 생각에 엑셀 가계부를 보고 어디에서 아낄까 고민했다. 한 달에 한두 번 틀까 말까 했던 TV를 없앴다. 그렇게 10년 넘게 회원이었던 SK브로드밴드를 끊었다. 어디서 새로 아낄 곳 없나 늘 궁리하는 삶이었다. 멀리서 결혼 소식을 전하는 친구에게 축의금 5만 원을 보내고 그만큼을 또 어디에서 줄여야 하나 아등바등하는 게 일상이었다. 아무리 더워도 택시 타고 싶은 걸 꾹 참았다. 계절에 옷 한 벌, 운동화 한 켤레 사고는 내내 마음이 시렸다. 꼭 필요한 곳에 쓰고도 낭비했다는 마음에 시달렸다.

그렇게 나는 실체 없는 거인과 매일매일 싸웠다. 이렇게 일상을 통제하며 아낄 수 있는 돈은 한 달에 몇 십만 원. 생활을 통해 줄일 수 있는 비용은 아무리 많아도 1년에 수백만 원 정도였다. 그렇다면 그렇게 남은 돈을 모아 내가 좀 더 나은 집으로 이사 갈 수 있는가. 1년에 수천만 원도 우습게 오르는 게 서울의 전세가였다. 진지하게 계산해보면 결론은 '아니요'였다. 마른 수건 짜듯 일상을 쥐어짜 수년간 지출을 통제하고 그렇게 모은 돈의 몇 배를 대출 받아도 내가 계약할 수 있는 방은 늘 제자리 걸음이었다.

최저임금위원회에서 혼자 사는 직장인이 한 달 동안 생활하는 데 필요한 평균 금액을 계산해놓은 것을 봤다. 월 208만 원[3]이라고 했다. 그러니까 내가 열심히 허리띠를 졸라도 늘 제자리였던 이유는 간단했다. 절약하지 않아서, 흥청망청 돈을 써서가 아니었다. 월급의 앞자리 숫자 '2', 혼자 사는 직장인의 평균 한 달 생활비의 앞자리 숫자도 '2'. 저축액이 불어나지 않는 건 당연했다.

---

3 〈비혼 단신근로자 생계비 분석보고서〉, 고용노동부 최저임금위원회 생계비 전문위원, 2020.

서울에서 전북까지 출퇴근하던 시절

※

주말마다 집에 내려가던 때가 있었다. 멋지게 말하면 일
종의 '세컨드하우스'를 둔 셈이었는데, 주중엔 서울에
서, 주말엔 지방에서 시간을 보냈다. 금요일 저녁이
면 퇴근하자마자 서울 용산역으로 달려갔다. 저녁 7시
쯤 KTX 열차에 몸을 싣고 한 시간 30분쯤을 보내면 그
리 늦지 않은 시각에 전북 정읍역에 도착해 있었다. 부
모님 댁이 있는 곳이다. 역에서 부모님 댁은 택시 기
본 요금 거리였고 느린 걸음으로 걸어도 30분이면 집
에 갈 수 있었다. 그러니까 넉넉 잡아 두 시간 조금 더 보
태면 서울 회사에서 제2의 집으로 퇴근할 수 있었다.

정신없는 한 주를 보내고 금요일 저녁 지방에 있는 부
모님 댁으로 퇴근할 때 느끼는 행복감은 이루 말할 수 없

었다. 숨 막히는 일상에서 탈출한 것 같은 해방감은 물론이고, 금요일 저녁부터 따끈한 집밥을 먹고 주말 내내 푹 쉴 수 있었다. 웬만한 서울 외곽이나 경기도라도 서울에서 퇴근하는 데 두 시간은 족히 걸리는데, 이렇게 KTX 안에서 잠깐 눈을 붙이기만 하면 전북으로 퇴근이라니.

그 시절 나는 조금 넓은 집에서 살아보겠다며 서울 안에서도 교통 오지로 이사를 한 상태였다. 분명히 서울 지도를 펼치고 보면 중심부인 광화문이나 여의도까지 가까운 거리인데, 지하철과 버스가 닿지 않아 어디든 시내 중심부까지 버스 타고 한 시간은 넘게 걸렸다. 여기서 계약 기간 2년을 채울 수 없어 괴롭기 그지없었다. 그렇게 매주 주말이 오면 서울 안 교통 오지 대신 KTX가 뻥 뚫린 지방 부모님 댁을 내 집 삼아 내려갔다.

매주 주말 이틀을 통으로 지방 소도시에서 보내던 시기를 어떻게 표현할 수 있을까. 일단 서울에서의 생활과 넘을 수 없는 사차원의 벽이 있었다. 부모님 댁은 평범한 아파트였지만 결코 평범하지 않은 디테일이 있었다. 집 밖으로 나가면 솔솔 부는 바람을 맞으며 아침저녁 거닐 수 있는 천변이 있고, 그 천변에는 사시사철 다른 꽃들과 물고기 사냥을 하는 흰색 왜가리를 볼 수 있었다. 근처엔 등산이 가능한 숲과 굽이굽이 아름다운 자전거 둘레길이 있었다. 자연만 있는 게 아니었다. 걸어서 10분 거리에 도서관, 미술관, 수영장, 큰 공원, 예쁜 카페들이 있고 20분쯤 걸으면 영화관과 병원과 마트들이 나왔다. 기차역과 버스터미널도 30분이면 갈 수 있었다.

걸어서 한 시간 이내면 시내 한 바퀴를 돌 수 있고 웬만한 곳들도 차로 10분 거리면 오갈 수 있는 생활권, 인근에 산과 강을 편하게 접할 수 있는 곳. 지방의 인구 10만 명쯤 되는 소도시[4]가 보통 이런 풍경일까. 한때 '15분 도시'란 개념이 유행했다. 프랑스 파리는 도시의 필수 서비스에 걸어서, 또는 자전거로 15분이면 모두 갈 수 있다고 한다. 우리도 가까운 생활권 내에서 필수 시설을 누릴 수 있어야 한다는 이야기가 나왔다. 부모님 댁이 있는 이 지방 소도시는 자전거로 15분이면 대부분의 인프라에 닿을 수 있었다. 한국판 15분 도시였다.

지방에서 주말 이틀을 보내고 월요일 새벽 서울로의 출

---

4 정읍시 인구 10만 7,422명(2021년 6월). 행정안전부가 지정한 인구감소지역 전국 89곳 중 한 곳이다. 행정안전부 보도자료, 2021.10.

근은 조금 난이도가 있었지만 불가능하지 않았다. 월요일 새벽 6시 30분 열차를 타면 용산역에 8시 조금 넘어 도착했다. 다시 지하철 세 정거장이면 오전 9시 이전에 당시 내가 출근하던 서울시청 기자실에 앉을 수 있었다. 금요일 퇴근 시간이나 월요일 출근 시간은 KTX가 항상 만석이었기에 미리미리 매표 경쟁을 해야 했지만, 꾸준히 앱을 눈팅하면 어렵지 않게 표를 살 수 있었다. 당시 나는 격주에 한 번 꼴로 목요일 저녁에 퇴근을 하고, 일요일 아침에 출근을 했기에 더 유리한 점도 있었다. 붐비는 시간대를 피해 표를 구할 수 있었다. 왕복 세 시간. 서울과 경기도의 웬만한 대중교통을 타는 것보다 서울과 전북을 오가는 KTX가 출퇴근하기 편할 것 같았다. 지정 좌석에 앉아 노트북도 하고 휴대폰으로 간단한 문자나 이메일 같은 업무도 하면서 말이다.

그 시절 나는 힘들게만 느껴지던 직장 생활을 그렇게 버텼던 것 같다. 주중에 극강의 피로감에 시달리다 주말에 지방 소도시에서 이렇게 지내고 나면 다시 주중에 일할 에너지가 충전되곤 했다. 무엇보다 부모님 댁 아파트의 널찍한 공간감…. 샤워를 하고 난 후 거실 소파에 누워 TV를 보고 있으면 시시한 예능 프로그램도 그렇게 재미있을 수가 없었다. 내가 왜 서울에서 TV를 자주 보지 않았는지 알 것 같았다. 서울의 방에는 거실이 없었고 소파도 없었다. 앉은뱅이 책상에 불안하게 놓인 TV는 어쩌다 한 번 틀면 저 혼자 자주 꺼졌다. 거실 소파에 누워서 TV를 보는 평범한 일상을 누리는 것만으로도 주말의 지방행은 큰 휴식이 됐다.

반대로 주말에 이렇게 지방에 내려와 쉬지 않으면 주중의 서울 생활을 버틸 수 없었다. 꽉 막힌 도심 속 좁은 자취방에서 주말에 대충 끼니를 해결하고 나면 주중에 일할 힘이 채워지지 않았다. 산책 한 번, 등산 한 번 하려 해도 지하철을 한 시간이나 타고 나가야 가능했다. 영화 한 편 보려 해도, 외식 한 번 하려 해도, 어딜 가든 사람이 바글바글했다. 주말에 서울에 있으면 쉬어도 쉬는 게 아니었다.

하지만 꿀맛 같은 생활이 길진 않았다. 기껏해야 몇 개월이었다. 금요일 저녁에 업무가 칼같이 종료되고 월요일 아침 출근 시간이 일정해야 가능한 생활이었다. 일의 시작과 끝이 선명하지 않은 업무를 하며 출퇴근이 불분명했던 때가 대부분이었기에 주중 서울 생활을 정시에 마치고 기차역으로 가는 게 그리 쉽진 않았다. 늘 느슨하게 업무와 엮여서 줄곧 서울에 붙어 있어야 했다. 오랜 기간 이 생활을 누리진 못했지만 여전히 나는 그때의 이중 생활을 그리워하고 있다. 주중엔 서울, 주말엔 지방. 다시 또 할 수 있을까.

그때 시도한 라이프 패턴으로 분명히 알게 된 게 있다. 하나는 서울을 벗어나면 내 삶의 질이 올라간다는 사실, 그리고 다른 하나는 거실의 소파와 TV도 누리지 못한 채 사는 서울에서의 삶을 결코 지속할 수 없다는 것. 이 두 가지를 선명히 알게 되었다.

집값과 근로 의욕은 정확히 반비례한다

﹡

언제부턴가 서울에 산다는 것이 무척 고단한 일이라 생각하게 됐다. 그렇게도 원했던 서울 생활에서 나는 답을 찾지 못하고 있었다. 왜 고되냐고 물으면 한 가지로 답을 못 하겠다. 일, 집, 생활 환경…. 전체적으로 모든 게 만족도가 떨어진달까. 직장이 서울에 있으니 하는 수 없이 서울에 붙어 있지만 다른 지역에서 일을 구할 수만 있다면 얼마든지 새 터전을 찾고 싶은 게 요즘 내 마음이다.

얼마 전 탈서울의 간절함을 다시 한번 느낀 적이 있었다. 귀하디귀한 휴일 아침, 아직 잠자리에서 빠져나오지 못하고 누워 있는데 집 바로 건너편에서 공사를 시작했다. 아침 8시도 채 되지 않았는데 굴삭기로 땅을 파기 시작했고 소음이 내 일상을 덮쳤다. 보통 사람이라면 도저히 안 되겠다 하고 일어나 하루를 시작하겠지만, 나처럼 아침잠 많고 오전에 멍 때리는 스타일은 다르다. 이불 속을 포기하지 못한 채 귀를 막고 그대로 누워 한두 시간 더 있었다. 휴일 아침 따뜻한 이불 속은 정녕 포기할 수 없는 궁극의 소중함이었다. 그렇게 귀를 막고 온몸으로 집 건너편 공사장 소음을 흡수한 채 주말 아침을 맞이했다.

예고가 없었던 건 아니다. 지난주 어느 날 퇴근하고 돌아오니 두루마리 휴지 열여섯 개가 든 큰 꾸러미가 집 출입문 앞에 놓여 있었다. 신기한 건 같은 층 옆집 문 앞에도 같은 선물이 놓여 있다는 점이었다. 자세히 보니 쪽지가 붙어 있었다.

내년 7월까지 ○○건물 공사 예정이오니

소음 발생 양해 바랍니다

올 것이 왔구나 생각했다. 1년 반 전 지금 사는 집을 계약할 때, 이 집에 살던 신혼부부가 한 말이 떠올랐다. 살면서 불편한 점은 없었느냐 물었더니 '공사'라는 답변이 돌아왔다.

"주변에 공사 소음이 조금 힘들었지만, 이제 공사가 다 끝나서 상관없을 거예요."

이 주변은 원래 공사가 많은 동네였던 것이다. 오래된 빌라가 많은 동네니 30년 된 건물을 부수고 새 건물이 들어서는 일도 잦았다. 내가 사는 이 건물만 빼고 앞과 뒤, 그리고 옆집이 차례로 공사를 이어가고 있었다. 내가 들어온 1년 반 동안 큰 공사가 뜸했던 게 오히려 의외의 일이었다.

이른 아침 시작된 집 앞 공사는 울고 싶은 나의 뺨을 때려준 것과 비슷했다. 공사 소음이 나의 탈서울 욕구를 무척 자극한 것이다. 서울을 벗어난다고 공사가 없는 건 아니지만 좁은 집들이 다닥다닥 붙어 있는 고통과 시시때때로 반복되는 공사를 겪는 고통, 별로 좋지도 않은 집에 상상 초월한 가격을 부담하는 고통… 이런 것들을 느끼는 빈도가 서울에서 크게 높아지는 건 사실이었다.

이 동네에 이사 온 날, 근처에 있는 오래된 아파트를 보았다. 저렇게 낡은 건물에는 누가 사는 걸까. 서울 한가운데에 자리한 아파트, 너무도 허름했던 외관이 신기해 검색해보니 1971년에 지은 동 네 개짜리 아파트였다. 50년 된 아파트의 23평 매매가는 2019년 이미 8억 원대였고 지금은 훨씬 더 오른 상태다.

어릴 때부터 나는 아파트에 사는 게 꿈이었다. 서울로 대학을 오기 전까지 어린 시절을 보낸 우리 집은 단독주택으로, 1980년대 지은 양옥집이었다. 이 집에서 여섯 식구가 살면서 복닥복닥 비좁은 탓에 불편했던 기억이 대부분이었다. 허리띠를 졸라매 내 집 마련에 성공한 부모님은 자가 집에 대한 자부심이 있었지만, 내가 자란 1990년대에는 소도시에도 날이 갈수록 아파트가 줄지어 들어서던 때였다. 초등학교에서 만난 우리 반 친구들은 하나둘씩 새 아파트로 이사했고 신식 아파트에 살게 된 친구들이 부러웠다. 내가 어른이 되어 돈을 벌면 난 당연히 내가 아파트에서 살게 될 줄 알았다.

부모님 댁이 있는 지방 소도시에서 진지하게 주택 가격을 검색해봤다. 8년간 성실히 직장을 다니며 모은 돈으로 어느 정도 터전을 마련할 수 있을지 궁금했다. 지은 지 15년 이내의 30평대 아파트는 2억 원대였다. 지은 지 20년 된 구축 아파트는 1억 원대였고 위치에 따라 때론 그보다 못 미치기도 했다. 열심히 일하고 모아서 도달할 수 있는 선이었다. 전세가는 지금 모은 돈으로도 충분했다. 지방으로 가고 싶었다.

문제는 직장이었다. 진지하게 내 나이에 새로 찾을 수 있는 일을 검색해봤다. 어딘가에 고용되는 것은 어려우니, 귀농이나 자영업, 근무지의 제약이 없는 프리랜서를 하는 등의 큰 전환이 필요했다. 서울에서는 집이 없고 집이 있는 곳에선 소득이 없었다.

"지방으로 가서 사는 거 어때?"

"은퇴하고 나서는 괜찮지."

남자친구는 은퇴 이후를 이야기했다. 은퇴가 언제인지는 몰라도 당장 손에 잡히는 시기는 아닐 텐데, 어쩌면 탈서울의 소망은 할머니가 되어서 이룰 수 있는 꿈이 아닐까.

탈서울한 가족을 취재하다가

※

코로나가 한창이던 2020년 가을, 나는 업무로 만난 한 가족의 라이프 스타일에 완전히 꽂혀버렸다. 서울에서 살다가 강원 춘천으로 집을 지어 이사한 가족이었다. 유치원에 다니는 어린 두 자녀를 키우는 30대 부부였는데 서울에서의 일상이 마음에 들지 않자 다른 지역으로 가서 살기로 결정한 분들이었다. 당시 가족은 살고 있던 전세 아파트에서 아래층과의 층간소음 갈등, 주차 시비, 일상 소음, 아이의 아토피 등으로 생활 만족도가 낮았다. 가족은 춘천 시내와 가까운 곳에 집을 자가로 지어 이사했고, 그 후 모든 면에서 삶이 나아졌다. 무엇보다 전세살이의 괴로움에서 해방된 것이다.

직접 방문해보니 가족이 지은 집은 육아와 재택근무

에 최적화되어 있었다. 마당에 아이들의 작은 모래 놀이 공간이 있고 3층 다락엔 넷플릭스를 보는 작은 영화관이 있었다. 작은 사업체를 운영하는 남편은 서울의 일터까지 자가용으로 주 4일 출퇴근했고, 재택하는 아내는 집에 방 한 칸을 업무 공간으로 확보할 수 있었다. 춘천 시내에 유치원, 학교, 병원, 마트도 가까웠다. 대도시를 떠나 집은 넓어졌고 전세에서 자가가 됐다. 가족의 삶은 내게 큰 자극이 되었다. 당시 코로나로 인해 변화하는 사회상을 찾는 게 내 업무였는데, 한 연구소에서 내건 '대도시의 유통기한이 끝났다'[5]는 문구가 유독 그 시기에 내게 와닿았다.

적어도 나에게 서울이란 대도시는 유통기한이 진즉 끝나 있었다. 요구르트로 치자면 유통기한이 지난 것은 물론 상하기까지 해서 쩔쩔매는 상황 같았다. 불편하면 바꿔야 하는데 나는 그저 버티고 있을 뿐이었다. 버리고 싶은 마음은 굴뚝 같은데 버릴 때의 수고로움이 감당이 되지 않아서 내버려둔 처치 곤란 요구르트. 그것이 나에게는 서울 생활이었다.

---

5 《코로나 0년 초회복의 시작》, 이원재 외, 어크로스, 2020. 북콘서트 '유통기한이 끝난 대도시는 어디로 갈까', 2020.10.14.

그 시절 나는 너무 오랜 기간 좁은 방에 살면서 성격도 조금 나빠진 것 같았는데, 조금만 덥고 습한 날씨에도 화가 치밀어 오르거나 작은 소음에도 못 견디게 짜증이 나거나 하는 등의 분노가 조절되지 않는 순간이 늘어났다. 심리적 어려움까지 겹치자 나는 이제 더 이상 망설여서는 안 된다는 생각이 들었다.

　내가 서울을 떠나고 싶은 이유는 도시를 벗어나 자연과 벗하고 깨끗한 공기를 마시고 싶다는 그런 유의 낭만이 아니었다. 그저 현실에서의 합리적 선택에 가까웠다. 서울에서 열악한 주거 여건을 감수하며 높은 생활비를 버티는 삶. 이것을 이어가는 게 내 인생에 얼마나 보탬이 될 것인가에 대해 철저히 플러스 마이너스 계산기를 두드려본 뒤의 결론이었다. 머릿속으로만 바라던 것들을 실행하기 시작했다.

한 달이라도 살아보자

2

비주류 감성 충만한 이곳에서

※

3주라는 귀한 휴가를 얻었다. 나름대로 용기를 내어 '탈서울'을 감행해 어릴 적 나고 자란 고향에 왔고, 나는 안정을 되찾았다. 20년간 살았던 도시, 서울에 간 후로는 15년간 휴식이 됐던 도시. 이곳에서 나는 어릴 적 생각도 하고, 앞으로 살고 싶은 미래도 그리면서 새 일상을 만들고 있다. 성인이 된 뒤 한 달 가까이 이 동네에 머문 건 처음인 듯했다.

휴가를 3주 내리 쓰겠다고 말하는 건 용기가 필요했다. 이미 연차를 일주일 소진한 나는 안식휴가라는 명칭의 휴가 2주를 만지작거리고 있었다. 회사는 5년 이상 근속하면 2주의 안식휴가를 줬고, 나는 몇 년 전부터 위기의 순간 SOS를 외칠 용도로 그걸 통장의 비상금처럼 고

이 모셔두고 있었다. 부모님 댁에 내려와 일주일을 보낸 나는 지금이 바로 긴급 SOS를 외칠 순간임을 직감했다. 서울을 벗어나 일주일을 지내고 나니 더 이상 서울에 있는 내 방으로 돌아가고 싶지 않았던 것이다. 집 근처 카페에서 회사에 보낼 이메일을 서너 시간 동안 썼다 지웠다를 반복하다 용기를 내 전송 버튼을 눌렀다. 길다면 길고 짧다면 짧은 3주라는 기간 동안 서울을 벗어난 나는 앞으로 이 지방 소도시에서의 생활을 어떻게 보낼지 조금 설렜다. 길지 않은 기간이지만 그렇다고 직장인이 따로 시간을 내기에 결코 짧지 않은 3주였다.

다시 찾은 고향은 고요했다. 각지에 흩어져 사는 우리 집 남매들은 부모님이 사는 전북 정읍시의 이 아파트를 '엄마호텔'이라 부른다. 이곳에 오면 매일 아침 갓 지은 집밥이 조식으로 나오고, 깨끗한 침구와 부드러운 수건이 언제나 준비되어 있다. 늦잠을 즐기다 신선한 채소와 과일을 곁들인 엄마표 브런치를 먹기도 한다. 오늘 아침 호텔의 조식 메뉴는 사과(A), 비트(B), 당근(C)에 연근과 꿀을 넣고 갈아 만든 ABC주스다. 집에서 3분 거리에 있는 로컬푸드 직매장에서 사 온 신선한 채소와 과일을 엄마가 손수 씻고 잘라 믹서기에 갈아주었다. 마시기만 해도 무척 건강해질 것 같은 기분이다. 이곳에서는 안방 돌침대에 누워 큰 TV로 예능을 보고 아무 생각 없이 웃을 수 있었다. 웃다가 조금 지겨우면 집 앞 산책을 나갔다.

머리를 비우며 천변을 거닐 때쯤 저쪽 벤치에 앉아 있는 한 사람이 눈에 들어왔다. 그분은 친절하게도 강아지를 무서워하는 나를 위해 내가 지나가는 동안 자신의 반려견의 목줄을 꽉 잡아주었다. 문득 오늘 오후 산책하며 만난 사람이 저 분 한 명이란 사실을 알게 됐다. 이곳에서는 평일 낮 길가를 거닐면 좀처럼 사람을 만나기 어렵다. 걷다가 작은 카페에 들어가도 이곳에서 커피 한 잔을 하고 있는 사람은 나뿐이었다. 트위터에서 북유럽 핀란드로 이사한 여행자가 걸어도 걸어도 아무도 안 만나는 핀란드의 도시에 대해 이야기하는 걸 본 적이 있는데 내가 지금 그런 상황인 것 같았다. 쌀쌀한 가을바람을 맞으며 이런저런 생각에 잠겼다.

"고향이 어디예요?"

서울에서 직장을 다니며 만난 사람들은 초면에 인사할 때 내게 이렇게 묻곤 했다. 주로 50대나 60대들을 만날 때, 그들이 어색한 분위기를 깨보겠다며 자주 쓰는 언어 습관이었다. 솔직히 질문이 매우 후지다고 생각하지만, 처음 만난 사람을 앞에 두고 '저는 혈연, 지연, 학연과 연관된 질문을 싫어합니다'라고 정색할 순 없어서 그냥 건조하게 "전북 정읍입니다"라고 답한다. 그러면 보통은 '언제 정읍에 가봤다', '아는 사람도 정읍이 고향이다' 하면서 어색함을 깨기 위한 말들을 이어간다. 그리고 그들은 아마 속으로 어떤 이미지를 그릴 것이다. 나는 어느새 그들이 그린 그 이미지와 한 묶음이 된다.

이렇게 첫 대면에서 '정읍'이란 프레임으로 날 보는 사람들과 만난 사회생활 10년. 한번은 회사에서 "시골에서 온 애"라는 말을 들었다. 분명 나쁜 말이 아닌데 그다지 유쾌하지 않았다. 그 이유가 뭐였을까. 모든 것이 대도시 중심으로 돌아가는 나라에서 '시골에서 온 애'는 나를 뭔가 소수자의 자리에 위치하게 했고, 나에게 비주류적 감수성을 선물해주었다. '강남키즈', '목동키즈'로 자란 내 또래 직장인들 속에서 난 왠지 주류에서 한발 떨어져 있는 사람 같은 느낌적인 느낌이 있었다.

그렇게 나는 '본 투 비 비주류' 감수성을 갖고 있었는데, 그게 그렇게 나쁘지만은 않았다. 이 감수성은 나를 사람들 사이의 '핵인싸'로 만들어주지는 못했을지언정 내가 하는 일에는 상당히 도움을 주었다. 아이디어 회의에서 아이템이 신선하다는 평을 받기도 했고 늘 새로운 걸 갈구하는 업계에서 창의성을 유지하는 데도 도움이 되었다.

몸은 이곳에 와 있었지만 머릿속에선 서울에서의 생활이 계속 맴돌았다. 이런저런 생각을 멈추기 위해 여기에서 제대로 둘러볼 곳을 찾아봤다. 이곳을 여행 오는 사람들은 어떤 코스로 구경을 다닐까 궁금했다. 포털 검색창에 '정읍', '여행', 두 단어를 쳐보았다. 나오는 말들은 조금 당황스러웠다.

Q : 전라북도 정읍 여행 질문요. 정읍으로 여행을 가려 하는데 차 없이도 쉽게 둘러볼 수 있을까요? 숙박은 어디가 좋을까요.

A : 정읍엔 특별한 볼거리가 시내에는 없습니다. 일
단 정읍엔 내장산이 있고요.

Q : 제가 정읍으로 혼자 여행을 갈 건데 정읍역에 내려
서 어디를 어떻게 가야 할지 모르겠어요…. 추천 좀 해
주세요. 맛집하고 관광지요.
A : 정읍에는 놀거리가 별로 없는데 맛집은 상동 롯데
슈퍼 옆에 보면 순댓국밥집이 있을 겁니다.

Q : 통영vs정읍vs광양vs곡성vs여수. 님들 같으면 어디
로 놀러 가고 싶나요. 어디 지역이 젤로 재미있음?
A : 정읍 빼곤 다 가본 곳인데요…. 통영은 가장 최근에요.

아웃사이더 기질이 충만한 나의 비주류 감성은 아
마 여기에서 왔을 것이다. 고만고만한 지방 소도시 중
에서도 이름 없는 곳, 참 유명하지 않은 곳, 한적한 여
름 휴가지 목록에도 들어가지 못한 곳. 사람 없어서 좋
은 곳. 은둔하기 좋은 최적의 장소다.
생각해보면, 지방 도시들 중에서도 사람들이 여행할

후보지로 생각하는 곳과 아닌 곳이 확실히 나뉘는 것 같았다. 고만고만한 국내 도시라도 레트로 감성으로 힙해 보이는 곳은 휴가철 '어디 한 달 살기'처럼 잠시 살아볼 후보지로 오르내린다. 하지만 내가 태어나고 자란 곳은 그런 축에도 들지 못하는 것 같았다. 코로나로 해외여행 갈 길이 막히니 국내로 가는 여행이 주목받는다곤 하지만, 사람들 입에 오르내리는 몇몇 핫플레이스가 있을 뿐 지역 전체가 살아나는 건 아니었다. 나는 은둔하기 좋은 이 도시가 좋지만 더 많은 사람들이 이곳의 매력을 느낄 순 없을까 생각했다. 떴다가 지는 핫플레이스로서가 아니라 두고두고 가볼 특색 있는 도시로서 말이다.

엄마호텔에서 산다는 것

✳

오늘은 비가 오려고 하는지 하늘이 어둑어둑하다. 덕분에 아침 10시까지 침대에서 몸을 일으키질 못했다. 푹신한 꽃이불에서 한참을 뭉그적거리다 나와 따뜻한 물로 목욕을 했다. 플라스틱 대야에 발을 담그고 몸에 따뜻한 물을 끼얹었다. 머리에 트리트먼트를 바르고 한동안 멍을 때렸다. 출근 시간에 쫓기지 않고 아침 목욕을 한다는 것만으로도 나에겐 소소하지만 확실한 행복이었다.

나는 이곳에 와서 일상의 작은 것에도 감사함을 느끼고 있었다. 아침에 눈을 떴을 때 이불이 보송보송한 것, 세수하고 나오면 식탁 위에 김이 모락모락 나는 찐 고구마가 있는 것, 따뜻한 국에 갓 담근 김치로 아침밥을 먹는 것, 다시 침대에 누워 TV를 보는 것, 나는 오늘 내 일상 하나하나에 감동했다. 혼자 생활을 꾸려가는 서울의 일상을 생각하면, 이 얼마나 노동력이 드는 일들인지. 그곳에선 햇볕에 바짝 말릴 수 없는 이불은 아무리 자주 세탁해도 보송보송하지 않았고, 사놓고 씻는 게 귀찮아 구석에 던져놓은 고구마 봉지는 일주일 만에 부엌의 천덕꾸러기가 되어버린다. 된장국은 한 그릇이라도 손수 끓이려 하면 재료 구비에서부터 설거지까지 주말 한 나절은 바쳐야 해먹을 수 있는 귀한 음식이다. 방 한편에서 꽤나 공간을 차지하던 TV는 올 초 아예 없애버렸다.

마치 방을 탈출하듯 서울에서 급히 내려온 터라 며칠 지나니 입을 옷이 없었다. 아파트 베란다에 있는 건조대에는 어젯밤 세탁한 내 옷들이 축축한 상태로 아직 기약 없이 걸려 있었다. 주섬주섬 옷장에서 엄마 옷 중에 제일 젊어 보이는 옷을 걸쳐 급한 불을 껐다.

사실 30대씩이나 되어서 부모님 댁에 와 엄마의 노동력에 기대 행복을 느낀다는 게 양심에 찔리긴 했다. 휴가를 내면서 여행객처럼 쉴 수 있는 예쁜 숙소를 알아봤지만 고민 끝에 부모님 댁에 머물기로 한 것은 정말로 쉬고 싶었기 때문이었다. 낯선 숙소에서 밥을 사 먹거나 해 먹을 것을 생각하니, 휴식 같지 않았다.

"딸이 서울서 내려와서 말이야. 점심을 해줘야 할 것 같네. ○○엄마, 다음에 봐."

서울에서 온 딸을 수발(?)하기 위해서 엄마는 친구들과의 계모임 약속을 갑자기 취소했다. 난 사실 엄마가 외출하는 게 더 좋은데. 모든 식기구가 갖춰진 엄마의 부엌에서 내 취향껏 요리를 해 먹는 재미를 은근히 기대하곤 했다. 하지만 엄마는 내 손에 물 한 방울 묻히지 않기 위해 애를 썼다.

휴가차 고향 집에 내려가면 엄마는 내가 가기로 한 날의 몇 날 전부터 반찬을 만드신다. 난 그저 집에 있는 김치에 계란프라이면 되는데 말이다. 버스도 잘 안 오는데 수십 분 걸어 시장에 나가 제철 재료를 사서 반찬 대여섯 가지를 만들고, 내가 오는 당일에는 소고기나 삼겹살 같은 고기에 풍성한 쌈 채소를 식탁에 올린다.

가끔 서울에서 엄마가 보낸 택배 상자를 받는데 모두 엄마가 손수 만든 반찬들이다. 김치가 서울까지 제대로 갈까 속 비닐을 세 번, 네 번 씌우고 또 씌운 반찬통들, 투명 스카치테이프로 칭칭 감겨 어떻게 뜯을지 막막한 택배 상자. 상자를 앞에 두고 나는 마음이 먹먹해서 제대로 뜯지 못했다. 반찬이 흐르지 않게 칭칭 감은 비닐 테이프에서 서울에 혼자 있는 딸에 대한 엄마의 불안과 강박이 느껴지는 까닭이었다.

속이 상해 택배가 잘 왔다고 전화도 하지 못할 때가 많았다. 시장에서 무겁게 재료를 사 와 더운 날 불 앞에서 종일 요리를 했을 엄마. 택배기사도 잘 오지 않는 아파트에서 이걸 어떻게 부쳤을지 생각하면 좀 화가 나기도 했다.

"그냥 쉬지, 왜 이런 걸 보내."

잘 먹겠다고 감사 전화를 해야 하는데 휴대폰을 귀에 대면 나도 모르게 앞으론 보내지 말라고 단칼에 끊어버리게 되는 것이었다.

엄마 옷을 몸에 걸치고 동네를 거닐다가 엄마에게 내가 다시 짐이 된 것 같아 문득 무거운 마음이 찾아왔다. 이 나이에 '엄마호텔'이란 이름으로 부모님을 착취하는 것 같아서였다. 늘 마음에 탈서울을 품고 있는 내가 아예 짐을 싸서 고향 집에 들어앉으면 그때부터 엄마의 삶은 어떻게 될까. 다 큰 자식을 챙겨야 하는 지옥과도 같은 삶을 노모에게 선물할 순 없다…. 정신을 차려야 한다는 생각이 몰려왔지만, 오랜만에 다시 온 부모님 댁에서의 생활은 너무나도 달콤했다.

걸어도 걸어도 아무도 안 만나

※

아침과 저녁 하루 산책 두 번. 휴가 기간 내가 세운 작고
도 거창한 목표다. 왜 거창한가 하면 막상 실천하기 쉽
지 않아서이다. 외투 주머니에 휴대폰을 넣고 이어폰으
로 좋아하는 오디오클립을 들으면서 그저 집 근처 공원
과 둘레길을 거니는 것일 뿐인데, 무거운 몸을 이끌고 나
가야 하는 굳은 의지가 필요했다. 어느새 차가워진 가을
바람 때문인지도 모르겠다. 아무리 일찍 잠자리에 들어
도 이튿날 늦은 오전이 되어야 정신이 들었다. 집 뒷산
에 있는 편백나무 숲길을 한 바퀴 도는 것조차 굳은 의
지를 다잡아야 했다. 아침 산책은 어설픈 구호로 끝났지
만 저녁 산책은 비교적 수월했다. 이른 저녁 식사를 하
고 집에서 내장산 쪽으로 길게 난 둘레길을 죽 따라 걸으

면 산뜻한 바람으로 목욕을 하는 기분이다. 산책길 이름은 '정읍사 오솔길 3코스'.

어젯밤 이 길을 걸으며 갈색빛 피부색을 가진 개구리를 만났다. 두꺼비인가? 개구리가 아닐지도 모른다. 밤 11시에 무슨 일인지 바빠 보였다. 분주히 오솔길을 건너는 동안 어둠 속에서 로드킬당하지 않길 기도했다. 이날 개구리의 밤 산책을 지켜보며 느낀 설렘은 표현이 잘 되지 않는다. 비 온 뒤의 깨끗한 공기, 여기저기 울려퍼지는 싱그런 벌레 울음소리, 코끝을 건드리는 신선한 가을바람… 머릿속이 정화되는 듯한 이 청량한 느낌. 휴대폰 동영상으로 담아 이 느낌을 오랫동안 간직할 수 있다면 좋겠다 싶었다. 하지만 이튿날 다시 열어본 영상 속엔 맹맹한 개구리의 둔한 움직임만 재생될 뿐이었다.

개구리와 인사했다고 해서 지방 소도시의 산책길이 그리 낭만적인 것만은 아니다. 조금만 고개를 돌리면 확 깨는 풍경들이 있다. 이 둘레길을 따라 예쁜 전원주택들이 들어서 있지만, 한편에 '무인 모텔' 여러 곳이 듬성듬성 자리 잡고 있었다. 몇 년 전 처음 하나가 생기더니 근처에 우후죽순 서너 개가 생기고 말았다. 아무리 간판에서 '호텔'이라 주장해도 모텔임이 분명했다. 주변 경관이 무척 아름다운 걸 감안할 때 이 모텔들의 객실 창에서 보는 경치가 상당할 것인데, 같은 숙박 시설이라도 펜션이나 게스트하우스가 자리 잡았다면 얼마나 좋았을까. 이름 있는 관광지라면 그랬겠지만, 고만고만한 지방 소도시에는 아무리 멋진 뷰가 펼쳐져도 주변에 자리하는 건 모텔뿐이었다.

직장 동료 중에 국내 여행 마니아가 있다. 매주 주말이면 대중교통을 이용해 어딘가로 떠난다. 정부에서 만든 여행 안내 앱을 검색해보고 맘에 드는 곳을 골라서 다닌다고 했다. 지금처럼 해외로 나가는 길이 막혀버린 때가 아니었는데도 몇 년 전부터 동료는 그렇게 국내 곳곳을 돌아다녔다. 어떤 곳에서는 한 달 살기도 해본 것 같고, 강원도부터 제주도까지 안 가본 데가 없는 것 같길래 하루는 반가운 마음에 물어보았다. 정읍에 가본 적 있느냐고. 하지만 싸늘한 답변이 돌아왔다.

"거긴 가볼 생각이 없는데."

지방 도시를 여행하는 게 취향인 것 같았는데 좀 의아했다. 왜인지 물어봐도 되냐고 했더니, 딱히 떠오르는 이유는 없다고 했다. 그냥 왠지 끌리지 않는다나. 그의 말로는 역사적 스토리가 남아 있고 먹을거리가 풍성한 곳이 여행하기엔 좋다고 했다. 몇 년 뒤 다시 이야기할 기회가 있었다. 여전히 지방에 여행을 자주 다닌다고 했다. 그사이 혹시 이 근처에 와봤느냐고 했더니 역시 고개를 좌우로 흔들었다. 몇 번 검색은 해봤는데 인위적으로 뭔가를 조성해놓아 마음이 안 간다고 했다.

내가 '○○ 방문의 해' 현수막을 거는 공무원은 아니지만, 15년 만에 다시 온 고향에는 뭔가 짠하면서도 안타까운 게 있다. 적어도 예산 수십억 원은 들였을 것 같은 숲과 공원에 사람이 없다. 의욕적으로 만들어놓은 관광 거리에도 사람이 오지 않는다. 걸어도 걸어도 아무도 만나지 않는 산책로가 있고, 코로나로부터 너무도 안전한 카페들이 있을 뿐이다.

지역의 작은 소도시라도 저만의 색채가 있었으면 좋겠다. 이 지역을 떠올리면 가장 먼저 생각나는 유명한 식당과 괜찮은 카페가 쉽게 문을 닫지 않고 수십 년간 오래

장사할 수 있다면, 정부에서 급작스럽게 조성한 관광 거리가 아니라도 이곳에 오고 싶어 하는 사람들은 많아질 것이다. 그리고 모텔 대신 맘 편히 지낼 편안한 숙소들이 생긴다면, 시내를 오갈 버스노선이 지금보다 많아진다면…. 나처럼 이 도시를 애정하는 사람들이 여행지나 새 주거지를 살필 때 여기를 꽤 괜찮은 후보지로 떠올릴 수 있지 않을까.

탈서울과 탈도시는 다르다

✳

열흘하고도 이틀 만에 지루해져 버렸다. 집 주변 오솔
길을 산책 다니고, 조용한 카페에서 글을 쓰고, 싱싱
한 식재료를 사다 요리해 먹고, 밤늦도록 거실 소파에 누
워 TV를 보고…. 이런 꿈만 같은 일상이 2주도 채 되
지 않아 권태로워졌다. 처음엔 감동 그 자체였던 여유
로운 하루하루가 이렇게 쉽게 심심해져버릴 줄은 몰랐
다. 바쁘고 복잡한 거 싫다면서, 탈서울이라면서, 며칠이
나 됐다고 이럴까.

　몸이 근질근질해져 오늘은 시내 구경에 나섰다. 조금
이라도 번잡함을 느껴보고자 샘고을 시장에 갔다. 시장
에 오자마자 나를 반기는 건 '개고기' 간판. 눈을 돌리니
부안, 고창, 영광 같은 서해 바다에서 잡은 생선들이 잔

뚝 나와 있다. 다른 한쪽에는 밭에서 방금 딴 것인지 비닐 포장지로 싸지 않은 호박들이 바구니 한 가득 담겨 싱싱함을 자랑했다. 저걸 깍둑썰기해 냄비에 넣고 카레를 만들면 딱이겠다.

역시 시장은 간식거리 구경하는 맛이 있다. 여기 시장엔 유난히 팥죽, 팥칼국수 가게가 많았는데 한 그릇에 5,000원이다. 올 때마다 줄이 긴 곳은 녹차 호떡집이다. 이 집에서 나는 고소한 냄새가 가게 100미터 전부터 식욕을 자극한다. 몇 번 눈길을 주고선 다음에 사 먹으려 꾹 참는다.

오랜만에 나와본 시내는 워낙 유동 인구가 적어서 강제로 사회적 거리두기가 되고 있었다. 주말에도 거리엔 다니는 사람이 없어서 가게들이 거의 개점 휴업 상태였다. 시청, 법원이 모여 있는 시내 중심가인데도 그랬다.

결국 시장 구경을 마치고 내 발길이 머문 곳은 어처구니 없게도 스타벅스. 며칠 전 코로나 확진자가 다녀간 동선에 오른 덕에 방역을 철저히 했다는 스타벅스에 굳이 찾아와 시내 CGV에서 볼 영화를 검색하고 있노라니, 나란 사람은 탈서울은 할지언정 탈도시는 못하겠구나 하는 생각이 절로 들었다. 그 많은 예쁜 로컬 카페를 놔두고 스타벅스에 발길이 닿는 건 무슨 이유에서인가. 익숙함을 버리지 못해서, 사람 구경이 하고 싶어서, 그냥 습관적으로. 실패하지 않을 음료의 퀄리티와 노트북 하기 편한 인터넷 환경, 가사 없는 편안한 음악 소리와 직원의 기분 좋은 무관심, 적당히 유행에서 뒤처지지 않았다는 느낌까지 주는 스타벅스. 그곳만이 주는 매력이 있었다.

몇 년 전 '미국의 강원도'라고 하는 미네소타의 한 시골 마을로 일주일 출장을 간 적이 있다. 거기에서도 나는 시골 마을 스타벅스에 앉아 노트북을 했다. 이제 나는 어딜 가도 스타벅스 카페라테 맛을 잊지 못하는 다국적 기업의 영향권에 강하게 놓인 사람이 된 것 같아 기분이 묘했다.

생각해보면 우리 세대는 한 도시의 규모가 어느 정도인지를 빠르게 파악하려 할 때 그곳에 스타벅스가 있는지를 생각하는 것 같다. 몇 년 전 일하면서 만난 동료가 한 말이 생각난다. 어쩌다 우리는 태어난 지역에 대한 이야기를 하게 됐는데, 나의 고향이 전북 정읍이라고 하자 그 동료는 "거기에도 스타벅스가 있어요?"라고 되물었다. 대화의 맥락상 정읍이란 곳이 어느 정도 규모의 도시인지 모르겠는데, 스타벅스가 있다면 그래도 인구 규모가 꽤 되고 도심도 발달한 곳 아니겠느냐는 의미였다. 그때만 해도 정읍엔 스타벅스가 없었다. 나는 스타벅스 대신 '쌍화차 거리'가 있다고 답했다. 커피가 아니라도 차는 얼마든지 마실 수 있다고. 그러면서 우리는 껄껄껄 웃었다. 그 후로 1~2년 뒤 정읍에도 진짜 스타벅스가 생겨서 혼자 웃었다. 드디어 생겼구나, 가서 말해줘야지.

그런데 "○○ 지역에 스타벅스 있어요?"가 최근 지방 차별 언어 리스트[1]에 오른 걸 보고 나는 흠칫했다. 몇 년 전 동료와의 대화를 뒤늦게 반성하게 됐다. 특정 브랜드의 상점을 들이대며 그 지역에도 있느냐고 묻는 질문은 도시의 잣대를 획일적으로 재단하는 일이라고 했다. 요즘엔 프랜차이즈 음식점이나 카페가 얼마나 있는가로 도시의 세련됨을 재단하려는 사람들이 있는데 특정 브

---

1 《지역차별언어찾기 워크북》 어디사람, 희망제작소, 2021. '어디 사람 프로젝트'는 지역에 대한 시민들의 언어 감수성을 파악해 지역 차별 언어를 바꾸기 위해 이 책을 냈다. 온라인 설문 조사, 사전 설문 기획, 사전 개별 인터뷰 등 총 450명의 응답을 참고해 지역 차별 언어를 유형화했다.

랜드의 가게가 있는지만으로 한 지역을 평가하는 것은 지역의 다양성을 담을 수 없다는 설명이었다. 사실 정읍에 스타벅스가 들어오는 것보다 오래된 커피숍이 백년 가게가 되어 계속 남는 게 주민을 위해서나 관광객을 위해서나 더 좋을 것 같은데. 나도 이제 다국적 기업이 포섭한 인간이 된 건 어찌할 수가 없었다.

그렇게 스타벅스에서 아메리카노를 한 잔 하고 나온 내가 거리를 거닐다 무심코 들어간 곳은 드러그스토어 체인점 올리브영이었다. 꾸준히 써온 로션이 다 떨어지는 바람에 오늘 꼭 그 브랜드의 로션을 구매해야 했다. 전통시장에도 분명 로션을 파는 가게가 있었을 텐데 이상하게도 나는 올리브영에 가서 내가 늘 써오던 그 브랜드의 로션을 사야 마음이 편했다. 시장 구경을 한다고 나와서는 결국 돈을 소비하는 곳이 스타벅스와 올리브영이라니. 지방에서 살아도, 난 이제 주변에 가게가 없는 곳에서 살긴 어려운 존재가 된 것 같았다. 귀농 귀촌은 내게 먼 이야기가 아닐까.

시내에 나왔다가 집으로 돌아가는 길에 버스를 타볼

까 잠시 고민했지만 그냥 걷기로 마음을 고쳐먹었다. 시내에서 부모님 댁까지는 걸어서 30분 정도인데, 버스를 타기엔 애매하다. 집 앞까지 바로 가는 노선은 없고 빙빙 돌아 40분 정도 걸리기 때문이다. 그것도 버스가 한 시간에 두어 번밖에 오지 않는다. 이 도시에 올 때면 늘 버스에 대해 생각하곤 한다. 여기선 웬만하면 그냥 걷는 게 나을 정도로 버스가 잘 안 오는데 왜 그런지 늘 궁금했다. 엊그제 지방 소멸도시 자료를 검색하다 오랜 궁금증이 해결되었다. 정읍은 무척 빠른 속도의 지방 소멸도시인데, 이런 소멸도시의 이동권을 어떻게 확보할 것인가에 관한 논문[2]이 있었다. 살펴보니 정읍은 전북의 여러 소멸도시 중에서도 인구 1,000명당 버스 노선 수, 버스 보유 수, 면적당 정류장 수 등 여러모로 '매우 심각'한 상태였다.

엄마 말로는 수십 년 전만 해도 이곳은 '부자 동네'였다고 한다. 농경 사회에선 논을 가진 자가 먹이사슬의 최상위 포식자인데, 정읍, 김제, 논산처럼 지평선이 보일 정도로 넓게 펼쳐진 논이 많은 곡창지대에는 대개 부자

---

2 〈소멸위기 지방 도시의 지역 유형별 이동권 확보방안 연구〉, 임서현 외, 한국교통연구원, 2019.

가 많았다는 것이다. 하지만 산업화 시기에 많은 인구가 농촌을 떠났고 정읍은 도시 인프라가 적극적으로 형성되지 못했다.

자가용 없이 지방 소도시를 다니기란 쉽지 않은 일이다. 지난 주말 나는 내장호 산책길과 조각공원, 정읍시립박물관, 단풍생태공원, 워터파크 도시숲, 월영습지를 빙 돌아보았다. 원래도 아름다운 자연환경이지만 유독 최근 들어 지자체에서 신경 써서 잘 가꾼 듯했다. 하지만 정읍 도심으로 나가는 시내버스가 한 시간에 두어 대 있을 뿐이었다. 늘 5~10분 내외로 버스가 오고, 지하철은 3분 간격으로 오는 서울에 비할 바는 아니지만 그래도 애써 만든 지방의 공원과 숲, 관광 시설을 좀 더 맘 편히 누릴 수는 없는 걸까.

복잡하지만 편리한 삶, 묵묵히 숨통을 열어주지만 조금 불편한 삶 사이에서 여러 생각과 감정이 오갔다. 그리고 그 와중에, '나는 서울에 가도 또다시 내려오고 싶을 테지만, 대도심에서 버티는 삶이 오래가진 않을 것 같다'는 느낌이 분명하게 들었다.

탈서울 체크리스트

3

고향 집으론 다시 갈 수 없다

※

휴가를 다 써버리고 돌아온 서울 광화문의 가을 거리엔 노란 은행잎이 가득했다. 눈에 보이는 풍경은 아름다웠지만 내 마음은 편치 않았다. 한때 서울 생활을 접기로 마음먹고 지방에 내려가 3주를 보냈지만 또다시 서울에 돌아와 있는 것을 어떻게 설명해야 할까. 결국 생활인으로서 일을 포기할 수 없는 나를 인정할 수밖에 없었다.

한 달 전을 생각하면 꿈만 같다. 3주는 정말 빠르게 지나갔지만 휴가가 끝나갈수록 불안은 짙어졌다. 다시 돌아가는 회사는 나를 새 팀으로 인사 이동시킨 상황이었다. 다시 새 업무, 새 동료. 아무것도 손에 잡히지 않았다. 컨디션이 나빠지면 바로 몸에 나타나는 편이다. 회사에 갔다 집에 오면 늘 누워 지냈다. 밥을 먹어도 감각이 없고, 잠을 이루지 못하고 출근하는 일이 잦았다. 불규칙하게 밥을 먹어서인지 한 달 사이 3킬로그램이 쪘다.

휴가를 마치고 다시 서울에 와 차근차근 생활을 정리하기 시작했다. 진짜 서울을 떠나게 되면 어디에서 무엇을 하며 어떻게 살지 진지하게 고민했다. 생각의 안테나는 여러 갈래로 뻗어나갔지만 그 끝은 항상 비슷하게 마무리되곤 했다. 다시 부모님과 살 수는 없다는 것. 그러게 괜히 우겨서 서울에 가서 직장도 몇 년밖에 못 다니고 때려치우고 내려오냐. 갑자기 부모님 목소리가 여기저기서 들려오는 듯했다. 다른 사람들이 뭐라 하든 상관은 없지만 부모님 앞에서 패배자가 되고 싶진 않았다.

내 또래 여자 사람을 만나 고민을 털어놓았다. 나처럼 본가가 지방인 친구였다. 한동안 그저 일상적인 이야기를 나누는 척했지만 나는 그 친구에게 묻고 싶은 게 따로 있었다. 밥을 먹고 근처 조용한 카페로 갔다.

"○○ 씨, 혹시 다시 전주에 가서 살 생각 있어요? 저는 가끔….""

넌지시 운을 뗐다. 나와 동갑내기이자, 전북에서 나고 자라 서울에서 직장에 다니는 그녀는 나와 비슷하게 글

쓰는 직업을 가지고 있었다. 그녀가 쓴 글을 보며 평소 마음속으로 동질감을 느끼곤 했었다. 그녀에게 서울에서 살기가 괜찮은지, 어떻게 버티고 있는지 물어보고 싶었다. 그녀도 자취 생활이 꽤 길어지고 있었다.

"정신 차려요. 다시 내려갈 생각? 집에 뭐 있는 애들이나 하는 거죠. 저는 집에 갔다 오면 무조건 서울에서 버텨야겠다는 생각으로 중무장해서 돌아와요."

그녀는 꿈 깨라는 듯 현실을 말했다. 단 며칠이라도 지방 본가에 내려가 있다 보면, 서울 사는 거 힘들다는 생각이 확 달아난다고 했다.

"가서 뭐 할 건지 생각하면 답이 안 나오죠. 우리가 지금 내려가면 카페 차리는 거 말고 할 게 없지 않아요? 그런데 그 카페도 돈이 있어야 차린다는 거죠. 아무리 집값이 서울보단 싸다고 해도 창업하려면 최소 5,000만 원은 있어야 하니까요."

그녀는 카페를 차려줄 부모님 있는 애들이나 고향에 내려가는 거라고 했다. 대화가 왜 이리도 찰지는지, 지방에 내려가고 싶은 나를 대차게 뜯어 말려달라고 부탁할 필요도 없었다. 먹고사는 것이 걱정된다 말고도, 고향으로만은 절대 다시 내려갈 수 없는 이유는 분명했다. 부모님과 다시 사는 삶을 생각하면 정신이 번뜩 드는 것이었다. 누군들 성인이 되어 부모님과 같이 사는 삶이 좋기만 하겠느냐마는 우리 같은 '지방러'들은 더욱 몸서리치게 된다. 활력 없는 나른한 공기, 십수 년 전부터 고향의 도시들에서 내뿜는 경기 침체의 공기가 역에서 내리기만 해도 느껴지기 때문이었다.

"어디를 가나 지옥이라면 서울이란 지옥에서 살자, 고향 갔다 오면 저는 오히려 전투력을 장전해서 올라오게 되거든요."

그녀는 하하 웃으며 농담처럼 말했지만, 왜인지 말속에는 뼈가 있었다. 3년 전 그녀도 나와 비슷한 생각을 많이 했다고 했다. 하지만 어쩌다 한번 내려가서 집에서 며칠 지내고 나면 어떻게든 서울에서 버텨야지 하는 생각이 솟아난다고 했다.

그녀의 말은 현실이었다. 부모님과 사이가 좋건 좋지 않건, 막상 고향에서 부모님을 뵙고 나면 어떻게든 대도시에서 버텨야 한다는 생각이 드는 건 나도 마찬가지였다.

"우리가 서울 온 지 한참 됐으니까 잊어버리게 되는 거예요. 어쩌다 집에 내려가면, 아 그래, 내가 이래서 아득바득 서울로 왔구나. 바로 떠오르죠."

지방에 내려가도 연고가 없으면 어렵다던데, 연고가 강력히 살아 있는 고향은 더더욱 아니구나. 새로운 곳을 찾았으면 찾았지, 고향으로 다시 갈 수 없는 이유는 강렬했다.

내가 하고 싶은 건 귀농이 아니라고

※

아침 8시, 열차가 홍대입구역을 지나자 지하철 한 칸 가득했던 인파가 우르르 쏟아져 내렸다. 나는 목적지가 다음 역이라 그저 서 있었을 뿐인데, 우르르 쏟아지는 거대한 인파에 밀려 내 몸뚱이는 순식간에 칸 밖으로 밀려났다. 황급히 발을 움직이지 않았더라면 넘어져 구름 같은 인파에 깔렸을 게 분명했다. 내 몸이 내 것이 아니었다.

이 와중에 걱정이 되었던 것은 깔렸을 때의 찰과상이 아니라 코로나 시국에 내 볼에 닿은 옆 사람의 입김이었다. 지하철을 20분 탔을 뿐인데, 출근하기도 전에 만신창이가 되어버리고 말았다. 나는 퇴근길에 또다시 이 과정을 반복하고 나서야 진이 쏙 빠진 채 하루를 마칠 수 있었다. 집에 와 씻고 대충 한숨 돌리고는 이불 위에 푹 주저앉아버렸다. 이럴 땐 누워서 한없이 멍하게 있는 게 도움이 됐다.

때마침 이불 옆 그저 아무렇게나 틀어놓은 휴대폰에선 영화 비평이 흘러나오고 있었다. 한 오디오 프로그램이었다. 도시에 살던 20대 취준생이 고향으로 돌아가는 내용의 영화 〈리틀 포레스트〉(2018)를 놓고 세 명의 패널들이 소감을 이야기하고 있었다. 영화에서 주인공 혜원(배우 김태리)은 서울에서 대학을 졸업하고 한동안 임용고사 준비생으로 취준생 생활을 하다가 몇 년째 합격하지 못하자 고향으로 내려온다. 엄마와 둘이 살던 시골집은 예전 그대로다. 문을 열고 나가면 바깥에는 논밭 풍경이 펼쳐지고 동네에는 어릴 적 어울리던 친구들이 저마다의 이야기를 지닌 채 살고 있다. 집 앞 텃밭에는 겨울을 알차게 보낸 봄동이 파묻혀 있고, 주인공은 그걸 손수 수확해다가 전을 부쳐 먹는다. 그렇게 농촌에서 농사일을 하고 직접 키운 채소들로 음식을 해 먹는 게 고향에 온 주인공의 일상이다. 흔히 상상하는 그런 시골 생활이다.

그때 방송에서 한 출연자가 말한다. 자신도 본래 살던 집이 서울이 아닌 지방이고 언젠가 지방에 가서 살고 싶다면서.

"근데 저는 마음만 내려가고 싶은 거지 막상 내려가라고 하면 못 내려가요. 일단 전 농사짓기가 싫거든요. 제가 가고 싶다고 말하는 시골은 그런 농사짓는 시골이 아니에요. 지방에 있는 도시, 그러니까 (농촌 말고) 지방 소도시죠."

누워 있던 나는 이불을 박차고 갑자기 일어났다. 내 말이 그 말이었다. 한 번 타면 만신창이가 되는 지옥철을 벗어나고 싶고, 비좁은 자취방을 벗어나고 싶고, 덜 바쁘고 덜 쫓기는 곳에서 살고 싶은 것이지, 그렇다고 내가 농사를 짓고 싶은 것은 아니었다. 조금 넓고 쾌적한 곳에서 덜 치이는 삶을 원할 뿐이었다. 텃밭을 가꾸며 전원생활을 하고 싶다는 뜻이 아니다. 일터에서 번 돈을 착실히 모아 좀 더 넓은 집으로 이사 갈 수 있는 희망이 있는 곳에서 소중한 일상을 꾸려나가고 싶다는 마음, 나의 탈서울 동기는 그 정도였다.

그런데 서울을 떠나고 싶어서 찾아본 각종 로컬살이 책들, 영화들은 모두 귀농과 귀촌을 말하고 있었다. 관심이 있어 찾아본 지자체의 한 달 살기 프로그램들도 대부분 '귀농지원사업'들이었다. '지방=시골'이거나, '지방에서의 삶=귀농 귀촌'이었다. 아, 왜 이토록 한 가지 색깔일까. 대도시 생활에 회의를 느낀다고 해서 갑자기 농사를 택할 수 있는 사람이 많지 않을 텐데 말이다.

지방에서의 생활을 다룬 이야기들은 대체로 지나치게 단순했다. 대도시에서 살던 삶을 접고 곧바로 '욜로!'를 외치며 갑자기 농사를 짓는 스토리들이었다. 간혹 식당을 차리거나 작은 카페, 지역 서점 같은 '로컬 창업'도 있긴 했지만 역시 지금껏 살던 삶을 버리고 처음부터 맨땅에 다시 시작해야 하는 것들이었다.

로컬살이도 다양한 색깔로 채워지면 좋을 텐데. 로컬에서 산다고 해도 대부분의 사람들은 직장과 학교가 필요하며, 대중교통과 생활 시설, 동네에 적당한 생필품 구매처는 있어야 평범한 삶을 영위할 수 있다. 나는 집 앞에서 배추를 뜯어 전을 부쳐 먹는 영화 속 김태리가 아니니까. 서울을 벗어나더라도 택할 수 있는 선택지가 조금은 많았으면 좋겠는데. 역시나 지옥철을 견디든가, 아니면 농사를 짓든가. 우리에게 놓인 선택지는 열탕, 아니면 냉탕뿐이었다.

바다 또는 산, 매일 아침 선택하는 삶

✳

모닝 루틴을 만들려고 했던 적이 있다. 새벽 4시 30분에 깨어 공복에 유산균 한 봉지를 먹고, 한 시간 동안 찬찬히 뉴스를 보고, 다시 운동복으로 갈아입고 집 앞으로 나가 달리기를 시작하는 풍경. 이런 거창한 '미라클 모닝'을 바란 건 아니었다. 그저 출근 30분 전에 부랴부랴 깨어 겨우 세수나 하고 멍한 정신으로 지하철이나 버스에 올라타는 일만은 피하고 싶었던 거다.

인터넷에 제각각 찍어 올린 다른 이들의 모닝 루틴 영상을 보다가, 나는 한 유명 인사의 이야기를 듣고 순간 생각이 멈칫하고 말았다.

"저의 모닝 루틴은 집에서 회사까지 산책하는 거예요. 내리쬐는 햇볕 사이로 기분 좋게 걸으면서 하루를 맞이

하죠. 걷는 동안 오늘 하루 해야 할 일을 찬찬히 떠올려보면서, 매일 그렇게 산책하는 게 저의 의식입니다."

그러니까 이분은 집에서 사무실까지 도보로 갈 수 있는 거리에 있으며, 무려 그 길이 '산책'이라 이름 붙일 수 있는 쾌적한 길이란 말인가.

내가 상상하는 사람들의 출퇴근길은 보통 이렇다. 만원 버스에 몸을 구겨 넣으며 주말에 세탁해 다려 입은 옷이 더러워지지는 않을까 노심초사하고, 발 디딜 틈 없는 지하철에서 어떻게 하면 작은 공간을 확보해 휴대폰이라도 편히 볼 수 있을까, 머릿속을 빠르게 굴려야 하는 그런 시간 말이다. 대중교통에 의지하지 않고 직접 걷더라도 소음 가득한 대로변에서 미세먼지와 매연으로부터 자신을 방어하며 사무실까지 조금만 견디자고 외치며 걷는 길, 그런 길이 출퇴근길 아니던가? 그런데 이 유명 인사는 아니었다. 햇볕을 받으며 조용하고 상쾌하게 차근차근 산책하듯 걸어서 가는 자신의 출근길을 이야기하고 있었다.

대학 졸업을 앞두고 수빈(24) 씨가 수도권을 떠난 것도 비슷한 이유에서였다. 수빈 씨와 연락이 닿은 건 서울에서 지방으로 취업한 이를 찾아 한 로컬 스타트업에 문을 두드리면서다. 진학이며 취업이며 모두 '인서울'을 외치는 요즘, 그녀는 국토 남단 지방 도시 전남 목포의 로컬 스타트업 '공장공장'에 취업해 반정착해버렸다(반정착이라고 한 것은 미래는 알 수 없기에). '기회'에 목말라 있을 20대에 서울을 떠나 지방으로 취업한 계기가 궁금했다. 어떤 마음으로 그곳에 갔을까, 나는 수빈 씨와 통화하면서 지방에서 일자리를 구하기까지의 과정을 물었고 그녀가 털어놓은 경험담은 내게 크게 와닿았다.

대학 시절 경기도 파주에서 서울로 통학했던 수빈 씨는 서울 생활을 떠올리면 제일 힘들었던 기억으로 '교통지옥'을 떠올렸다. 그녀는 대학 졸업을 앞두고 수도권을 떠나 전남 목포에서 일자리를 구했는데, 여러 이유가 있었지만 파주와 서울을 오가는 출퇴근 고통을 피하고자 한 것도 한 요인이었다.

"제가 부모님과 의논하지도 않고 목포에서 직장을 구했거든요. 학교도 아직 졸업하지 않은 상태라 직장을 구하고 난 뒤 아빠의 반대가 있었어요. 하지만 통학하는 게 에너지 소모가 너무 컸어요. 통학 시간을 '독서하는 시간이다', '운동하는 시간이다' 하고 생각하려고 했지만, 지옥철과 기나긴 버스 대기는 저를 폐쇄적인 사람으로 만들더라고요. 이동 시간을 최대한 잘 활용하려고 해도 몰려오는 피로감은 어쩔 수 없었어요. 통학에만 하루 서너 시간을 사용했던 게 지금 생각하면 꽤나 큰 시간이네요."

파주와 서울은 대중교통으로 거의 편도 두 시간 거리다. 하루에 왕복 네 시간가량을 지하철과 버스, 그리고 이것들을 기다리는 시간으로 써버릴 때의 피로감은 상상하고 싶지 않았지만 자꾸 상상이 되었다. 온몸이 물 먹은 솜이불처럼 되는 그 느낌을 나는 파주에서 살아보진 않았지만 서울 안에서의 출퇴근 경험만으로도 쉽게 짐작할 수 있었다.

"목포에서 지내는 지금은 웬만하면 모든 곳을 도보로 갈 수 있거든요. 걸어서 10분이면 바다와 산을 갈 수 있어요. 매일 아침 바다 또는 산 코스 중 하나를 선택해서 러닝을 하고 있어요. 매달 15만 원 정도의 교통비가 나오던 서울 생활과는 달리 여기에서는 1만 원 이하로 교통비를 써요."

그녀는 우연한 기회로 목포에 오게 된 뒤 거기서 일자

리를 구했고 아예 머물기로 마음먹었다. 지금은 동료들과 셰어하우스에서 살고 있다. 처음부터 지방에서 살 거라 생각한 적은 없었는데 지금은 자신의 선택에 200퍼센트 만족한다고 했다. 파주와 서울을 오가며 살았던 시간들과 비교하면 삶의 질이 훨씬 높아졌기 때문이었다.

"막상 살아보니 별것 아니더라고요. 이제는 오히려 굳이 서울에서 아등바등 살 필요가 없겠구나 하는 생각이 들어요. 길은 많고 선택은 각자 개인이 할 수 있으니 이런 선택지도 고려해보길 추천해요."

그녀와 통화한 이튿날, 나도 붐비는 지하철을 타게 되었다. 서울 외곽에서 중심으로 가는 출근길의 구름 같은 인파 속에서 나는 수빈 씨를 생각했다. 도보 10분이면 바다와 산에 갈 수 있다는 그곳에서의 생활이 궁금했다. 매일 아침 산 코스, 바다 코스를 번갈아 가며 달리기하는 삶, 그 삶이 자꾸 내게 손짓하는 것 같았다.

욜로가 아닌 현실로서의 지방행

✳

나는 본격적으로 탈서울을 준비하기 위해 서울에서 지방으로 이사한 사람들의 이야기를 찾기 시작했다. 그러다 지인의 트위터 친구인 마흔여덟 살 김진호 씨와 통화하게 되었다. 전남 순천이 고향인 그는 서울에서 15년을 살다가 두 자녀를 데리고 마흔세 살 때 다시 고향으로 돌아갔다. 벌써 5년 전 일이라고 했다. 서울을 떠난 지 꽤 된 그는 서울에서 고향으로 돌아간 몇 년 전 자신의 선택이 만족스러운 것 같았다.

"5년 지난 지금 생각해보면 정말 선택을 잘했구나 싶어요. 순천에 와보면, 단지 공기가 좋고 이런 것만이 아니라 좀 느린 호흡으로 살 수 있고요. 이런 삶이 저의 성향에 맞았어요."

하지만 그가 처음부터 이런 만족감을 느낀 건 아니었다. 지금 삶의 근거지가 어느 정도 형성된 뒤에 느끼는 감정이지 갓 이사를 한 직후에는 번뇌에 시달려야 했다.

"처음 낙향한 6개월은 서울로 다시 돌아갈까 역향수에 시달렸어요. 이 동네에서는 돈벌이가 신통치 않으니까요. 일거리가 잘 찾아지지 않았고요."

역시 일이 문제였다. 생계가 해결되지 않는다면 다시 서울로 유턴하고 싶은 마음이 들 수밖에 없을 것이다. 그는 탈서울의 핵심은 지방에서 일자리를 구하느냐에 달려 있다고 했다.

지역에서 출판 일을 한다는 그는 내게 흥미로운 경험담을 들려주었다. 지역 공공기관의 책자를 만드는 외주 제작일을 했던 그는 한때 순천으로 이주해온 이들의 정착 수기를 엮는 작업을 했다. 그는 이 작업을 하면서 느낀 바가 컸다고 했다. 많은 이들이 지방행을 현실에서의 삶이 아닌 일종의 '여행'으로 여기는 것 같다면서.

"수기를 공모해봤더니 정착한 지 1년 이내인 분들이 대부분이에요. 그러니까 일종의 허니문 기간에 마음이 부풀어서 수기를 쓰시더라고요. 그 내용을 보면 순천에 대한 이미지가 천편일률적이에요. 생태적이고 환경적인 것을 좋아해 찾아왔다···. 그러니까 현실에 대해서 잘 알거나 준비하고 오시는 것 같지 않았어요."

생태적이고 환경적인 것도 좋지만 경제적인 문제가 해결되지 않으면 지역에서 안정적으로 살기는 어렵다. 경제활동에 대한 장기 계획이 없으면 2~3년 안에 돌아가는 경우가 많은 것이다.

"결국은 여기도 바늘 꽂을 데가 없어요. 게으르고 순진한 생각으로 오면 여기에서도 지치고 상처받을 수밖에 없고요. 기술이 있거나 뭐라도 먹고살 게 있어야 버티죠."

그는 지역에 내려오려면 준비를 단단히 하라고 했다. 현실과 이상은 전혀 다른 문제이고 특히 준비 없이 왔다가는 생계가 걸림돌이 될 것이라면서. 그는 서울에서 지방으로 내려왔을 때 겪을 수밖에 없는 난국을 현실적으로 설명해주었다. 나는 얼마나 준비되어 있는가. 나야말로 직장을 관두고 무턱대고 지방에 갔다가는 쫄쫄 굶을 게 뻔한 30대 직장인 나부랭이가 아닌가. 겁이 났다.

지방에서 직장을 구할 수 있을까

지방에서의 삶을 이야기하는 여러 책들을 찾아보며 차근차근 내 미래를 계획했다. 서울이 아닌 곳에서 어떤 일자리를 구할 수 있을까. 생계 해결 없이 그저 '욜로'를 외치며 가는 지방행은 원하지 않았다. 시작은 욜로일 테지만 끝은 지금보다 더 불구덩이일 테니.

일단 지방에서 일자리를 구하고 그걸 계기로 이사를 해보자는 마음이 들었다. 30대 중반에서 후반으로 넘어가고 있는 서른여섯이라는 나이. 취업에서 선호되지 않는 성별 여성, 문과 문사철(문학, 역사, 철학 등 인문학이라 분류되는 학문들) 졸업생, 별다른 기술이 없는 사무직 직장인 경력 8년, 지역에서 일자리 찾기란 쉽지 않아 보였다.

여러 구직사이트에 들어가봤다. 지역에 있는 신문사들에서 간혹 경력직 기자를 뽑는 공고가 눈에 띄었다. 하지만 지원 자격을 살펴보면 경력 3년 이하의 젊은 기자를 원하고 있었다. 신입사원을 뽑아 교육하자니 갈 길이 멀고 일은 할 줄 알았으면 좋겠는데, 그래도 우리 조직의 생동감을 불어넣어줄 막내 역할을 했으면 하는 그런 구성원을 원하는 것이다. 이미 8년을 일한 나는 경력자로 지원하는 데 문턱이 있어 보였다. 간혹 일반 회사의 경력직 일자리도 살펴보았다. 하지만 막상 이력서와 자기소개서를 작성하려 키보드 위에 손을 올려놓았을 때 써 내려갈 말들은 참으로 빈곤했다. 연관된 일을 해보지 않은 나로서는 관련 이력도 없거니와 이 직무에 내가 적합하다는 논리를 댈 수가 없었다.

지역에서 일하면서 살아가는 방법에는 다음 세 가지가 있다. ①지역에 위치한 기업이나 공공기관에 취업하기. ②프리랜서로 일하기. ③창업하기. 지역에서 살고 싶어 하는 사람이 있다면 맨 먼저 취업을 권하고 싶다. 지역으로 이사 오는 사람들이 모두 창업을 할 수도, 로컬

크리에이터의 삶을 살 수도 없는 노릇이다. 그래서 내가 추천하고 싶은 방법은 어느 지역이나 매년 구인하는 공공기관과 공무원에 지원하는 것이다. 지역에서 공무원이 되면 지역사회에도 금방 녹아들 수 있다는 장점이 있다.[1]

책에서는 현실적으로 지역에 정착해 살고 있는 사람들 중엔 프리랜서 직업군이 많다고 이야기하고 있었다. 최근에는 지자체가 지원하는 창업 프로그램이 많아 창업도 많이 한다고 안내했다. 그러면서도 글쓴이가 제일 첫 번째로 권하는 방법은 공공기관 취업이라고 했다.

그러니까 나는 겁쟁이라서 '욜로'를 외치지 못하는 것이 아니었다. 현실적으로 일자리 없이 내려가는 것은 리스크가 컸다. 소득이 명확하지 않으면 신용카드 발급도 쉽지 않은 게 현실이었다. 백수라면 20대 때 이미 할 만큼 해본 일 아니던가. 젊은 시절 취업 문턱 앞에서 몇 년간 방바닥을 긁으며 살아봤기에 다시 백수 생활로 돌아가고 싶지 않았다.

---

1 408~409쪽, 《슬기로운 뉴 로컬생활》, 새로운 사회를 여는 연구원, 스토어하우스, 2020.8.

물론 아무 준비 없이 일단 저질러보는 것도 생각하지 않은 건 아니다. 생계를 내려놓고 지방에 간다는 건 정말 쉽지 않은 일이었지만, 사람이기에 눈 딱 감고 욜로를 한 번 외쳐보고 싶은 마음도 한편에서 스멀스멀 올라왔다. 지역에서 일자리를 구하지 못할 경우 지금껏 모은 자금으로 몇 년을 버틸 수 있을지 현실적으로 계산해보았다. 마지막으로 회사 총무부에 전화를 걸었다.

"지금 퇴직하면 퇴직금이 얼마인가요?"

2,600만 원이 조금 못 미친다는 답변을 들었다. 실업급여 혜택을 받을 수 있는지도 알아보았다. 자발적 퇴직의 경우 실업급여를 받을 수 없지만, 심사 후 여러 가지 사유가 받아들여지면 간혹 수급 대상자가 되기도 했다. 주로 육아를 사유로 퇴직할 경우, 뜻하지 않은 장거리 발령으로 출퇴근의 어려움을 겪어 퇴직할 경우 등이 그랬다. 이런 상황은 자발적 퇴직이라도 고용노동청의 심사와 증빙의 절차를 거친 뒤 간혹 실업급여가 나오기도 했다. 물론 나는 두 가지 모두 해당 사항이 없었다. 8년 이상 고용보험을 부었건만 정작 내가 필요할 때 너무 멀리 있는 게 실업급여였다.

그래, 어떻게 다 준비하고 떠나겠어. 막상 부딪히면 해결되는 일도 많을 거야. 일단 던져지면 그다음 직면하는 것들은 어떻게든 헤쳐나갈 수 있지 않을까? 내 마음속에서는 철저히 준비한 뒤 실행해야 한다는 천사와 어떻게든 부딪혀보라는 악마가 서로 싸우고 있었다.

서울 토박이인 남자친구에게 뜬금없이 귀농 귀촌을 제안해보았다. 천정부지 서울 집값을 생각하면 우리는 어떻게 서울에서 결혼을 계획할 것인가. 지방에 내려가 살자고 말해봤다. 내가 눈여겨본 도시의 시청 홈페이지에 들어가 '인구유입서비스 〉 귀농 귀촌 지원 코너'를 그에게 메신저로 보내주었다. 제대로 지원을 받으려면 정부의 귀농 교육 100시간 이상을 이수해야 하고, 귀농한 지 1년 이상 지나야 하는 등 여러 가지 조건이 필요했다. 무엇보다 우리 둘의 일자리가 서울에 있으니 우리에게 지방에서 산다는 건 직업의 전환과 위험 부담도 감당할 용기가 있어야 가능한 것이었다.

서울을 벗어나면
아파트에서 살 수 있을까

※

회사를 다니며 1년에 1,000만 원 정도씩 모았다. 평균 저축액이 그랬고 그에 못 미친 해도 많았다. 8년의 세월 동안 나를 갈아 형성된 이 종잣돈. 하지만 이걸로 무엇을 할 수 있을지는 잘 와닿지 않았다. 탈서울하기에 적절한 자금 규모인지도 모르겠다. 어느 정도 가치를 가지는지 실감이 나지 않아 포털 검색창에 내가 가진 종잣돈 액수를 쳐봤다. '1년에 7,000만 원 만드는 사람들'이란 커뮤니티 카페가 나왔다. 그렇다. 누군가에겐 1년 만에 모으는 돈이구나. 어떤 기사에서는 전세금 7,000만 원으로 주식을 시작해 5년 뒤 120억 원으로 불렸다는 사람의 이야기도 나왔다. 누군가에겐 120억 원이 될 수 있는 종잣돈이기도 했다. 그렇다면 나에게는? 지방으로 가는 새 삶을 계획할 때 어느 정도 도움이 될 자금인지 궁금했다.

지방 중소도시로 이사를 하면 내가 가진 돈으로 어느 정도 규모의 집을 구할 수 있을까. 아파트에서 살 수 있을까? 지방 시세를 알아보며 꿈에 부풀었다. 본격적으로 알아보기 전 내가 원하는 지역과 주거 여건이 어떤지 상세히 적어보았다.

1. 대중교통(KTX나 고속버스)으로 서울에서 두 시간 정도의 거리

2. 인구 20만 이상일 것

3. 자력으로 아파트에 거주할 수 있을 지역

4. 주변에 출근할 일자리가 있는 곳

5. 마트, 병원, 학교, 공원, 헬스장과 수영장이 있을 것

내가 염두에 둔 지방 도시 몇 곳의 시세를 훑어봤다. 지금보다 주거 여건이 어느 정도 좋아지는지 궁금했다. 몇 년 사이 크게 올라버린 지방의 아파트 시세로 인해 머리로 상상한 것과는 다른 결과가 나올까 노심초사했다.

일단 평소 관심 있게 살펴보던 강원도 A시. 인터넷 포

털 검색창 부동산 코너에서 검색해보니 내가 가진 돈으로 매매할 수 있는 20년 된 아파트가 나왔다. 아주 소형의 아파트였다. 사진으로 본 건물 상태는 나쁘지 않았고 혼자 살기에 괜찮아 보였다. 아파트 앞엔 큰 대학이 있어 넓은 캠퍼스부터 도서관, 체육 시설을 이용하기 좋았고, 식당가와 카페 같은 편의 시설도 많았다. 자가용으로 5분이면 기차역에 도달했고 택시로는 기본 요금이었다. 기차역에서 다시 한 시간 남짓이면 서울에 도착했다. 아파트에서 기차역까지 가는 길은 강을 따라 난 도로라 드라이브 코스로도 좋아 보였다.

회사가 서울의 동부권에 있다면 이 도시에 살면서 서울 출퇴근도 가능하지 않을까. 요즘 같은 코로나 문화가 계속 이어져 일주일에 두세 번만 출근하고 집에서 재택근무를 하면 여기에서 서울 출퇴근도 어렵지 않을 거야. 나는 기분 좋은 상상을 하면서 좀 더 기차역에서 가까운 아파트를 살펴보았다. 몇 년 더 연식이 높아졌지만 내가 가진 돈에서 몇 천만 원의 대출을 받으면 18평(전용 면적 59제곱미터), 방 두 개에 거실이 있는 꽤 안정된 아파트 생활이 가능했다. 기차역에서 자가용으로 3분 거리였고, 고속터미널까지는 10분 거리였다.

여행으로는 종종 가봤지만 직접 살아본 적은 없는 이곳. 나는 이사한다면 이곳을 1순위로 놓고 있었다. 서울과 가깝고 주변에 강과 산 같은 자연환경이 좋으면서도 유명 맛집에 문화재, 즐길 거리 같은 고유의 문화 콘텐츠도 많은 곳이었다. 들뜬 마음에 이 지역이 살기에 어떤지를 검색해보다 한 사이트에서 공감 가는 글을 발견했다.

지방 어디든 '시'급 도시면 있을 건 다 있고 살 만합니다. 솔직히 서울 살면서 콘서트 같은 문화생활 얼마나 누리고 삽니까. 저는 지방으로 내려와서 자차 생활을 하니까 삶이 더 여유롭더군요.

그렇다. 누구의 글인지 알 수 없지만 깊이 통하는 느낌을 받았다.

다음 후보지로는 충남 B시를 살펴봤다. 이곳도 상황은 비슷했다. 18평 정도의 20년 된 아파트가 1억 원대 초반에 형성되어 있었다. 지도를 살펴보니, 근처에 걸어서 갈 수 있는 호수공원이 있었고 해발 130미터쯤 되는 나지막한 산도 있었다. 자가용 10분 거리에 병원과 영화관, 대형 마트가 있었고 자가용 15분 거리에 KTX역이 있었다. 무엇보다 주변이 온통 아파트촌이라서 학교나 유치원이 많은 안전한 주택가라는 점이 마음에 들었다. 이곳 역시 KTX로 한 시간 남짓이면 서울에 갈 수 있었다.

살 곳을 알아보다 문득 내가 계속 서울과 교통이 원활한지를 유심히 살펴보고 있다는 사실을 알게 되었다. '난 지방에 가서 살 거야'라고 결심하고 집을 알아보면서 왜 자꾸 KTX 기차역 근처에서 집을 알아보고 있는 건가. 마음은 여전히 서울을 떠나지 못하는 듯했다. 찬찬히 내 마음속을 들여다보니, 지방에서 직장을 못 구할 경우를 생각하고 있는 것 같았다. 어차피 일자리가 죄다 서울, 적어도 수도권에 있을 텐데. 백수를 할 게 아니라면 수도권에 있는 일자리를 유지하면서 지방에서 살 방법이 없는지 자꾸 생각하게 되는 것이었다.[2]

---

2 〈인구감소대응 지방자치단체 청년유입 및 정착정책 추진방안〉, 한국지방행정연구원, 2020. 실제 연구 자료를 찾아보면, 수도권의 미혼 청년 인구가 지방 이주를 고려할 때 '수도권 또는 주변 광역시 접근성'을 주요 우선순위에 둔다는 조사가 있다. 2020년 수도권 거주 20~30대 미혼 1,000명을 대상으로 한 조사에서 응답자들은 지방 이주 시 고려할 속성 1순위로 '이주지원정책'(22.3%), 2순위 '수도권 또는 광역시 접근성'(21.4%), 3순위 '지역 내 교통환경'(21.2%), 4순위 '주

직장 없이는 일단 집 구하는 것부터가 난관이었다. 지금 서울에서 사는 방의 전세자금대출도 내가 직장인이란 전제하에 받은 것이었다. 아무리 지방의 집값이 서울보다 저렴하다고 해도 대출 없이 내가 지금껏 모아둔 돈으로 집을 구하려면 그렇게 녹록지는 않았다. 규모가 작거나 아주 오래되었거나 추가 월세를 감당해야 했다. 간혹 지방으로 이사한 이들 중에 논밭 한가운데의 폐가를 멋지게 개조해 사는 스토리가 나오긴 하지만, 집 수선에 관해서는 아무런 지식이 없었다. 게다가 내가 원하는 곳은 농촌이 아니라 지방 중소규모 도시에서의 아파트 생활이었다.

종잣돈을 들고 맘 편히 구할 수 있는 아파트란 지방에도 선택지가 넓지 않다고 보면 되었다. 물론 직장이 있고 대출을 받는다면 매매도 가능하다는 면에서 이젠 전세로도 접근이 힘들어진 서울의 아파트와 차이가 있을 뿐이다. 서울이 아니라도 지방에서 괜찮은 주거를 구하려면 전세자금대출이 필요했고, 대출을 잘 받으려면 직장이 필요했다. 직장이 필요하면 서울에 붙어 있어야 했고…. 결국 돌고 돌아 생각은 제자리에서 앞으로 나아가기 힘들었다.

지방에서 가정을 꾸릴 수 있을까

✳

"탈서울하면 뭐가 좋아?"

"음, 사람들이 덜 예민해."

"덜 예민하다고?"

"응. 덜 지적질하고 덜 다그쳐."

몇 년 전 지방의 한 도시로 직장을 옮긴 친구의 반가운 전화가 왔다. 이직한 뒤 종종 안부를 전하곤 했던 친구는 서울을 떠나고선 많은 게 좋아졌다고 했다. 그중에서도 이 친구의 첫 마디가 시간이 지나도 계속 머릿속에 맴돌았다. 주변 사람들이 덜 바쁘고, 덜 분주하고, 덜 조급한 게 좋다고 했다. 느림의 미학이라고 하면 조금 거창한 이야기라면서, 쉽게 말해 자기가 조금만 열심히 움직여도 적극적이고 부지런한 사람이 된다고 했다. 서울 송파구

잠실동에서 나고 자란 친구는 자기가 정통 '서울 사람'인데 지방 생활에 이렇게 만족할 줄은 몰랐다고 했다.

그러면서 서울에서 지방으로 이사한 뒤 느낀 장점을 한 30분 이야기해줬는데, 실은 난 친구가 말한 '덜 예민'에 꽂혀서 그다음 이야기가 잘 들리지 않았다. 친구는 타이밍만 잘 잡았으면 그곳에 집도 한 채 살 수 있었는데 지금은 거기도 많이 올라서 집 살 타이밍을 놓친 게 아쉬움이라면 아쉬움이라고 했다.

문득 나의 요즘이 떠올랐다. 출근하면 사무실엔 한숨을 내쉬며 일하는 분들이 많았다. 점심이 되어도 밥을 먹지 못하는 분들도 많았다. 시간에 쫓겨 일하느라 날카로워진 사람들끼리 오가는 고성을 들을 때면 그 자리에 앉아 있기가 상당히 힘들었다. 사무실 여기저기에서 들리는 긴장감 팽팽한 키보드 소리들. 주위엔 온통 바쁘고 곤두서 있는 사람들뿐이다. 최선을 다해 부지런을 떨어봐도 여기서는 내가 제일 느린 사람이었다.

회사 단톡방은 밤이 늦어도 쉴 새 없이 돌아간다. 구성원 60명 남짓 모인 이 회사 단톡방은 원래는 가끔 한 번 공지만 뜰 뿐이었다. 그런데 언제부턴가 친목 톡이 자주 올라왔다. 내 회사 자아가 활동하는 단톡방인데 밤 9시에도 톡이 울리니 대략 난감하다. 어랏, 난 방금 분명히 집에 와 이불 위에 누웠는데, 갑자기 회사에 와버렸네.

결국 그 순간을 견디지 못하고 단톡방을 나와버렸다. 직장인이라면 다들 그런 단톡방 한두 개씩 견디며 살고 있을 텐데 난 또 오늘따라 왜 유난일까. 나도 덜 예민한 사람이 되고 싶었다.

몇 달 뒤 친구를 다시 만났다. 오랜만에 서울에 왔길래 카페에서 커피를 함께 마셨다. 친구는 의외의 고민을 털어놨다. 다시 서울로 돌아오는 걸 생각하는 중이라고 했다. 그 지역 생활에 만족하고 있다고 들었던 터라 사연이 궁금했다.

"확실히 지금 있는 곳이 덜 고되긴 하지. 아마 다시 서울에 오면 새벽 5시부터 강행군일 거야."

친구는 다시 서울에 오면 지금의 생활은 누리지 못할 거라며 아쉬워했다. 그러면서도 그는 언제 다시 서울로 올라갈까 고민이라고 했다.

알고 보니 친구의 진짜 고민은 지금 사는 도시에선 결

혼을 계획할 수 없다는 것에 있었다. 만나는 상대가 서울에서 직장 생활을 하고 있는데, 그 생활을 접고 자신이 사는 곳으로 내려온다면 일을 그만둬야 하는 상황이었다. 사려 깊은 그는 상대가 희생하는 게 싫다고 했다. 지금 있는 도시에선 가정이라는 미래의 삶이 그려지지 않는다고 했다.

그렇게 친구는 지역 생활에 나름대로 만족을 하면서도 서울에 다시 올라가야 할까 하는 고민을 놓지 못하고 있었다. 나는 오랜만에 만난 친구가 저번 통화에서처럼 생활에 정말 만족한다는 솔깃한 이야기를 해주길 기대했지만 내가 바라는 대로 대화는 흘러가지 않았다. 친구가 어떤 선택을 하든 나는 응원할 테지만.

그러고 보면 어디서 살 것인지 결정하는 것도 싱글의 특권인 것 같았다. 다니던 회사를 정리하거나 살고 싶은 곳으로 이사하는 건 싱글이었을 때 맘 편히 누릴 수 있는 자유였다. 공동의 삶을 꾸릴 준비를 하고 있는 친구를 보니 적어도 탈서울에 관한 한 싱글은 특권이었다. 온전히 나 자신만의 선택으로 어디에서 살지를 결정할 수 있는 건 가족이 없는 홀로살이일 때 가능해 보였다.

서울만 한 곳이 없다는 반론들

※

서울 생활을 정리하려 했을 때 마음에 걸리는 것은 한두 가지가 아니었지만, '혼자 살기엔 차라리 서울이 낫다'는 말처럼 실체 없는 불안을 만드는 것들도 없었다.

"직장 생활 하면서 혼자 사는 분에게 서울만 한 곳이 없어요. 제가 일한 그 지역만 해도 서울에서 멀지 않은 곳이었고 상당히 큰 도시였는데, 그래도 문화가 완전히 달랐어요. 싱글에게 우호적이지 않더라고요."

한 지인을 만난 자리였다. 지금은 서울에서 직장에 다니는 이분은 20대 때 한 도시에서 직장 생활을 했다. 그렇게 작은 도시도 아니었다. 그런데 결혼 전 그곳에서 살 때 적지 않은 어려움이 있었다고 했다. 혼자 사는 싱글에 대한 선입견이 있었고, 일상에서 피곤한 일들을 자주 만났다고 했다. 서울에서 멀어질수록 4인 가구만을 정상 가족이라고 생각하는 분위기가 있는 게 현실이라고 했다. 익명성이 보장되는 대도시는 어쩌면 이런 면에서 살기 편한 면이 있는데, 작은 도시로 갈수록 그렇지 않을 수 있다는 것이다.

서울에서 15년째 살고 있는 싱글 여성인 나는 이런 조언을 듣고 한 귀로 흘릴 수가 없었다. 홀로살이에 대한 따가운 시선을 낯선 곳에서 어떻게 견딜 거냐는 것이었다. 여러모로 다양한 삶의 방식을 받아들이는 수용도가 서울이 그나마 높다고 했다.

평소 친하게 지내는 이들에게 슬며시 지방에 내려가 살고 싶다는 생각을 내비치자 반응이 하나같이 비슷했다. 지금 내가 누리고 있는 서울살이의 장점들에 감사해야 한다는 답변들이었다. 특히 나를 잘 알고 나와 친한 사람들이 '서울이 얼마나 좋은지'에 대해 적절한 예시를 들어 설명할 때면 밑바닥에 피어오르던 용기가 사그라들고 마는 것이었다. 그것도 본가가 지방이거나 지방에서 잠시라도 직접 살아본 이들이 적잖이 말리고 있었는데…. 이들이 꽤나 일리 있는 지적을 할 때면 고개가 끄덕여지고 마는 것이었다.

사실 서울을 떠난다면 마음에 걸리는 건 문화 감수성이었다. 세상은 빠르게 변하고 있었다. 사회에서 일종의 '표준'이라 생각하는 것들은 동시대 같은 지역 사람들끼리 만든 감수성의 총합이라서 수도권에서 멀어지면 감수성이 달라진다. 그런데 나는 사회적으로 힙하다고 하는 트렌드를 끊임없이 쫓아야 하는 일을 하고 있었다.

한마디로 내가 감 떨어지는 사람이 될까 봐 걱정이 됐다. 일을 하다 보면 아직도 모르는 신조어가 하루에 몇 개씩은 등장하곤 한다. 몰랐던 신개념들을 따라가기도 바빴다. 서울을 떠나 뭘 해 먹고 살지 아직 알 수는 없지만 문과생이 하게 되는 일이란 거기서 거기였다. 말하고 글 쓰고 사람들과 교류하는 일에서 약간 변형되거나 조금 더 연장된 어떤 일을 하겠지, 그런 일이라면 세상 돌아가는 중심부에서 멀어졌을 때 그 사람의 역량도 함께 쇠퇴할 것만 같았다. 변화의 한가운데 있으면 자의 반 타의 반으로라도 트렌드를 쫓아갈 노력을 할 텐데, 변화의 중심지가 아니라면 그 노력을 계속하게 될까.

글을 쓰는 일을 하는 사람은 무형의 것을 만들어 판다. A4 용지 한 장의 결과물에는 그걸 쓴 사람의 생활이 온통 반영되어 있다. 당장 컴퓨터 앞에 앉아 있는 시간만이 아니라 먹고, 자고, 입고, 보고, 만나는 사람들과 대화한 모든 것들이 지식노동자에겐 일 그 자체다. 그런데 중심지라고 말하는 장소에서 멀어지면 어떻게 될까.

지식노동자의 탈서울은 제조업이나 서비스업에서 일하는 사람들과 조금 다른 것 같았다. 지식이나 감성이란 게 온통 서울을 중심으로 유통되고 서울을 벗어나면 접근이 어려워지는 경우가 많았다. 요즘은 SNS 같은 온라인 연결망이 워낙 잘 되어 있으니 사는 곳이야 어디든지 갈 수 있는 것이 아니냐고 하지만, 트렌드의 중심에 있는 사람들과 만나고 교류하는 인간관계 네트워크에서 홀로 벗어난다면….

그러니까 사회적 기회는 결국 사람에게서 오는데, 인적 네트워크에서 떨어져 나 홀로 어딘가에 가 산다면 내 삶은 어떻게 되는 것일까. 그렇게 감도 끈도 떨어진 사람이 되어버리지 않을까 두려웠다. 서울을 중심으로 유통되는 지식과 트렌드, 감수성에서 자발적으로 벗어나는 일이 쉽게 마음먹어지지 않았다. 사실상 나처럼 뚜렷한 기술이 없는 평범한 문과생에겐 거주 이전의 자유가 없는 것이 아닐까 하는 생각마저 들었다.

지방은 텃세가 장난이 아니다?

✳

2016년 군 지역으로 이사한 분과 이야기를 나눌 기회가 있었다. 인구가 3만 명이 채 되지 않은 곳이었다. 서울을 떠날 당시 마흔 안팎이었던 정지호 씨는 어느새 마흔다섯이 되었다. 이 지역에 여행 온 이와 결혼해 가정도 꾸렸고, 지금은 세 살배기 아기를 기르고 있다. 언뜻 지역에 잘 정착한 듯 보였다.

하지만 그와 대화하면서 뜻밖의 이야기를 들을 수 있었다. 대화가 무르익을수록 그가 경험한 지난 몇 년간의 생활이 결코 쉽지 않았음이 느껴졌다. 생생한 그의 지역 적응기에 담긴 고생의 포인트는 바로 텃, 세. 그러니까 국어사전에 쓰인 말로 하자면 '먼저 자리를 잡은 사람이 뒤에 들어오는 사람에 대하여 가지는 특권 의식, 또는 뒷 사람을 업신여기는 행동'이다. 그가 겪는 텃세는 그 지역에서 5년을 살며 결혼하고 아이를 낳은 지금도 계속되고 있었다.

"제가 살고 있는 곳은 텃세가 굉장히 심한 동네예요. 지방에 이사 와서 가장 어려운 게 사실 토박이들과의 관계더라고요. 그 지역에서 원래 살던 분들과 인간관계를 잘하는 게 되게 어렵거든요. 올해 6년째 살고 있는데, 오래 살아도 극복이 어려워요. 사실 텃세는 그냥 안고 가야 하는 부분 같아요."

그는 그곳 주민들에게 지금까지도 '외지인'으로 불린다. 동네 주민들 사이에 형성된 단톡방이 여럿 있는데 본인은 그 단톡방에 초대받지 못했다고 했다. 동네에서 어떤 여론이 형성된다 해도 자신은 알기 어렵다면서. 단톡방에서 본인에 대해 안 좋은 말이 한번 돌면, 대화한 적도 없는 동네 사람들에게 본인은 그저 '나쁜 놈'이 되고 만다는 것이었다.

"예를 들어, 제가 여기 내려와서 원래 계시던 분들과 어떤 사업의 이해관계가 겹치면요. 제가 실력으로 극복할 수밖에 없어요. 이제는 아예 이해관계가 겹치지 않게 하려고 노력하고 있어요. 다른 사업 아이템을 하던가 그런 식으로요. 일 말고 생활에서는 더 심하죠."

그의 목소리에서 그동안의 마음고생이 느껴졌다. 그가 가장 이해하지 못하는 부분은 본인은 그렇다 치고 이곳에서 나고 자란 세 살배기 아이까지 '외지인' 신분이 되어버리는 것이었다. 그는 이 지역에서 정착해 결혼하고 자녀를 낳았지만 그래도 텃세 문제는 해결이 잘 안 된다고 했다.

"저희가 아무리 평생을 여기서 살아도 저희는 '○○(지역 이름) 사람'이 아니에요. 제가 여기서 고등학교를 나온 사람이 아니니까요. 우리 애가 여기서 태어났는데도 이 애는 '○○ 사람'이 아닌 거예요. 왜냐하면 아버지가 누구냐고 물어보거든요. 아버지가 저라고 하면 외지인의 자식일 뿐이죠. 뭐 이런 건 돌파할 수 있는 문제가 아닙니다."

지호 씨는 차라리 인구가 조금 많은 곳으로 가는 것을 권한다고 했다. 서울을 떠나 지방에서 사는 삶을 계획한다면 아주 작은 군 단위 지역이 아닌 최소 인구 10만 명 이상, 혹은 그 이상 되는 지역이 낫다면서 사는 지역에서 어느 정도의 익명성이 보장되는 생활을 누리려면 인구가 한 20~30만 명 정도는 되어야 하지 않겠느냐고 그는 덧붙였다.

지금 당장은 아니지만 그 역시 기회가 생긴다면 다른 지역으로 이사할 수도 있겠다고 생각하고 있다. 젊었을 적 해외 여러 지역에서 살아본 경험이 있는 그는 그나마 낯선 곳에서 살던 맷집이 있어서 이런 상황을 견디고 있다고 했다. 스트레스받지 않도록 노력하면서 멘탈 관리를 하고 있지만 편한 상황은 아니라고 했다.

"이렇게 인구가 3만 명 미만인 동네는 제 차 번호를 사람들이 다 알 정도예요. 그래서 제 차가 지나가면 '저 사람 지금 어디 간다' 이렇게 알아요. 사실 이런 점 때문에 인구가 좀 많은 데 가서 살아야 하나 하는 생각이 들더라고요. 서울 사람들은 서울을 고향이라고 생각하는 인식은 조금 약하잖아요. 내 고장 뭐 이런 거에 대한 인식이 약한데 여기 사람들은 그렇지 않다 보니까요. 그래서 차라리 살기에 서울이 더 편하다는 이야기를 하는 것 같아요."

그의 이야기를 듣고 머릿속이 개운하지 않았다. 인구가 적은 지역으로 이사를 한다면 나에게 닥칠 문제일 수도 있었다. 군 단위 지역에 살고 있는 분과 이야기를 나눈 후 나는 이사할 지역을 신중히 결정하기로 마음먹었다.

○○에서 살아보기

﹡

대학 때 수업에서 만난 우영 언니와 나는 10년 이상 연락하고 지내는 막역한 사이다. 몇 달 전 안부차 전화를 했더니 언니는 아주 설레는 계획에 부풀어 있었다. 평생 서울에서만 살아본 마흔 넘은 언니가 경북의 한 도시로 내려간다는 것이다. 내가 알아보던 농림축산식품부의 '농촌에서 살아보기' 사업[3]에 언니가 신청을 한 것이었다 (텔레파시)!

우영 언니는 태어나서 처음 자신의 선택으로 살 지역

---

3 2021년 초 나는 농림축산식품부가 실시하는 국가 지원 사업 '농촌에서 살아보기' 프로그램에 관심을 두고 있었다. 정부가 팬데믹 상황에서 지역 체험 사업의 예산과 그 대상을 크게 늘렸는데, 이 사업은 참여자에게 6개월간 주거와 월 30만 원의 연수비도 지원한다. 갈 수 있는 농촌이 어딘가 살펴보니 전국 88개 시와 군의 104곳 마을(2021년 기준)로 선택 폭이 넓었다. 이 프로그램에 참가한 도시민 649가구 중 73가구(11.2%)가 농촌 마을로 이주했다고 한다.(농림축산식품부 보도자료, 2022)

을 정한다는 설렘에 들떠 있었다. 어릴 땐 부모님 집에서, 결혼 후엔 배우자와 함께 살았다. 처음으로 언니는 자신에게 맞는 지역이 어디일지, 자신의 취향에 좀 더 적합한 지역이 어딘지 생각해보는 행복한 시간을 보내고 있었다. 언니는 지자체 사업에 참가해 몇 달 머물러보고 괜찮으면 아예 거기서 살까 하는 생각도 갖고 있었다.

지역이 정해지자 언니는 더욱 신난 듯했다. 새로운 생활에 대한 기대로 부풀어 있는 언니와 통화를 할 때면 10년 이상 알고 지낸 이에게서 이렇게 생동감 넘치는 모습을 본 적이 있었나 싶은 생각이 들 정도였다. 대학에서 만난 언니는 대체로 책과 문서를 옆에 끼고 공부를 하는 모습이었다. 그런 언니가 지자체에서 운영하는 사업에 참여해 난생처음 지방에서 살며 주변이 온통 초록색 배경인 사진들을 보내오곤 했다. 누웠을 때 하늘이 보이는 천창이 있는 숙소 사진을 찍어 보내주는가 하면, 달리는 트럭 뒤 짐칸에서 찍은 시골길 풍경을 보내오기도 했다.

"나 계속 여기에 있기로 했어. 지자체에서 지원을 되게 많이 해줘. 계속 머물 집도 마련해준 거 있지."

몇 달 뒤 언니에게 안부를 물었더니 어느덧 프로그램 3개월을 마친 후였다. 초반 3개월만 참가하고 다시 서울로 오는 건 영 끌리지 않았는지, 지자체의 집 제공에 언니는 흔쾌히 더 머물기로 했다고 말했다.

언니는 주중엔 이곳에 머물고 주말엔 서울에 올라와 남편과 시간을 보냈다. 언니가 머무는 지역은 서울에서 고속버스로 두 시간 정도 걸리는 경북의 한 도시인데, 정확히 말하면 농촌보다는 산촌에 가까웠다. 시외버스터미널에서도 하루 두세 대 다니는 버스를 타고 다시 마을로 들어가는 깊은 산골이었다. 지자체에서 마련해준 집은 혼자 지내기에 불편함이 없어 보였다. 휴대폰과 와이파이만 있으면 산촌이라도 지루할 틈이 없다고 했다. 차를 가져간 언니는 필요한 게 있을 때마다 시내를 드라이브하면서 그렇게 마을 생활에 적응해 있었다.

무엇보다 언니는 객지에서 새로 만난 사람들과 사귀는 재미에 흠뻑 빠져 있었다. 마을분들 대부분이 70~80대이고 젊어도 50대인 분들 사이에서 40대인 언니는 젊은 에너지를 내뿜고 있었다.

"사람 사귀는 재미가 제일 커. 너나 나나 맨날 책이나 보고 컴퓨터나 보고 있는 사람들이잖아. 이런 세계가 있는 줄 알았겠냐. 이번 기회가 아니라면 내가 어디서 이런 분들을 만날 수 있을까 싶어. 너도 내려와, 내려와."

우영 언니는 여기 오니까 갑자기 20대가 된 것같이 젊게 느껴진다며 기뻐했다. 동네 주민분들이 복숭아며 옥수수며 편히 지내다 가라고 선물해주었고, 언니는 가끔 그분들과 읍내 식당에 나가 별미도 즐기면서 그렇게 심심할 틈 없이 지내고 있었다. 공기 좋은 시골 마을에서 그야말로 행복감이 느껴졌다. 한 가지 아쉬운 거라면 언니는 집 뒷산을 산책 삼아 매일 올라가고 싶은데 멧돼지가 나올까 가지 못하고 있다고 했다. 그만큼 숲이 우거진 한적한 마을이었다. 집들이 띄엄띄엄 있고 해가 일찍 졌다.

회사에 묶여 이러지도 저러지도 못했던 나와 달리 언니는 과감히 떠났다. 형부가 조금 아쉬워하긴 했지만 주말 부부나 격주로 만나는 부부도 당분간은 괜찮아 보였다. 나는 언니가 거기에서 행복하길 바랐다. 언니 말대로 우리가 책이나 보고 모니터나 들여다볼 뿐 그 밖의 세상에 대해 알 기회가 있기나 했던가.

언니와 통화하고 나서 며칠 뒤 노트북이 고장 났다. 갑자기 모니터와 자판 사이 접히는 부분이 벌어져 있던 것이었다. 특별히 부딪힌 적도 없는데 저 혼자 그렇게 연결 고리의 나사가 풀리고 본체가 튀어나온 게 이상했다. 수리점에 갔더니 '과부하'라는 진단을 받았다. 노트북을 너무 오래 쉬지 않고 가동해서 본체가 열을 받아 노트북 스스로 나사가 풀어진 것이라고 했다. 쉬지 않은 노트북을 쉬지 않고 들여다본 내가 멀쩡한 게 오히려 이상했다.

서울 아니면 결국 2등 시민?

✳

93년생으로 곧 서른을 앞둔 이상민 씨는 대구에서 법학전문대학원에 다니는 학생이다. 경북 구미에서 고등학교를 졸업한 상민 씨는 서울에서 대학을 마치고 로스쿨 진학을 위해 2019년 대구로 내려왔다. 내년에 치를 변호사 시험 준비가 한창인 요즘, 그는 앞으로 어디에서 어떻게 살지에 대한 생각이 많다. 로스쿨을 마치고 변호사가 되면 대구에서 계속 살까, 아니면 남들처럼 서울로 가야 할까. 로스쿨 진학을 꿈꾸는 많은 이들이 '인서울'을 추구하지만 그는 경북대를 선택해서 왔고, 그 이후 대구에서 살아도 좋겠다는 생각을 하고 있다.

"여기에서도 할 일이 많긴 하거든요. 대구에서 로스쿨 다니면서 법에 관련된 여러 활동을 해보니까, 여기도 법을 아는 사람이 많이 필요하더라고요. 여기는 아직도 최저임금이 적용되지 않는 사업장이 많아요. 편의점, 피시방, 뭐 웬만하면 안 준다고 볼 정도예요. 서울에서 잠깐 알바로 일했을 땐 대부분 최저임금은 맞춰줬거든요. 그런데 대구는 광역시인데도 최저임금 안 지키는 일이 비일비재해요. 그만큼 법 공부한 사람들이 할 일이 많다는 이야기죠."

전화기 너머 들리는 그의 목소리는 옆에서 대화하는 듯 현실감이 가득했다. 그는 법을 공부하러 대구에 왔지만 단지 책 속에 있는 활자만 본 건 아니었다. 최저임금조차 주지 않는 사업장들이 눈에 들어왔다. 법을 공부하고 나면 자신이 할 수 있는 일이 많을 것 같았다. 이 지역에서 일하는 사람들의 권리를 지키는 일에 관심이 생겼다. 실제 그와 통화하고 신문에서 최저임금을 지키지 않는 사업장이 수도권보다 지방에 많다는 기사를 읽었다.[4] 그의 말은 사실이었다.

하지만 변호사로서 지방에서 일한다는 건 많은 걸 포기해야 가능한 것이기도 했다. 법률가로 일하면서 쌓을

수 있는 커리어, 그리고 벌 수 있는 수입을 생각하면 서울과 대구에서의 삶은 많이 다를 것이 분명했다. 상민 씨는 아직 마음을 정하지 못했다고 했다.

그는 내가 서울에서 지방으로 이사를 생각하고 있다고 했더니 마음은 이해하지만 현실적인 면도 생각해보라고 했다. 구구절절 설명하지 않아도 지금 우리나라에서 지방에 산다는 것은 경제적으로, 그리고 사회문화적으로 여러 기회에서 사실상 한 발짝 뒤에 있을 수밖에 없는 게 현실이라는 것이다.

"일해서 벌 수 있는 소득이나 앞으로 모을 자산을 생각하면 서울에 사는 게 맞는 것 같기도 해요. 요새 로컬 생활에 대해 많이들 이야기하지만 그걸 실현할 수 없는 한계라고 하면… 아무래도 이런 거죠. 수도권에서 살지 않는 사람은 누릴 수 있는 게 많지 않잖아요. 헌법에 계급 같은 건 없다고 나오지만, 사실상 현실에선 서울과 지방은 계급이 있는 것 같아요. 지방에 살면 사실상 2등 시민이라는 생각을 스스로 지울 수 없다는 것이죠."

법률가로서 서울에서 벌 수 있는 소득(그로 인해 형성할 수 있는 자산을 포함해)과 대구에서 벌 수 있는 소득은 차이가 클 것이고, 그로 인한 경제적 격차는 나중에 자신의 계급이 달라지는 결과를 낳을 것인데, 그걸 스스로 감당할 수 있을지 모르겠다고 그는 말했다.

그동안 서울을 떠나면 놓치게 될 것들에 대한 조언을 많이 들었지만 '2등 시민', '계급'처럼 팩트 폭격은 또 없었다. 나는 그의 말을 부인할 수 없었다. 지방행은 내가 그나마 서울에서 붙들고 있던 여러 기회들을 스스로 내려놓는다는 것을 뜻하기도 했기 때문이다.

그 무렵 자료를 훑어보던 나는 '승자독식 도시'winner-take-all cities란 단어를 알게 됐다. 캐나다의 한 대학교수가 OECD 보고서[5]에서 쓴 단어였다. 서울에 살지 않으면 사실상 '2등 시민'이 되고 만다고 표현한 상민 씨의 이야기를 듣고서 이상하게도 이 단어가 마음속에서 떠나지 않았다.

보고서에서 리처드 교수가 말하길, 100년 전 사람들은 농장에서 일했고, 50년 전 사람들은 공장에서 일했지만, 지금은 거대 도시를 기반으로 일한다고 했다. 그래서

---

5 《OECD 지역 전망(Regional Outlook) 2019 : 도시와 농촌을 위한 메가트렌드의 활용》, 경제협력개발기구(OECD), 국토연구원 국가균형발전지원센터, 2021.1.

경제의 기본 엔진은 더 이상 법인이 아니라 '도시'라는 것이다. 지식과 재능은 물론 모든 경제적 자산이 집적된 '도시'란 장소가 성장의 기본 플랫폼이 된 탓에 도시를 벗어나면 고용 같은 경제적 기회와도 멀어짐을 뜻했다. 특히 소수의 승자 도시 몇 곳이 전 세계의 지식, 재능, 혁신 등 유무형의 경제적 자산을 독식하고 있는데, 그로 인해 훨씬 많은 수의 중소도시, 교외, 농촌 지역은 뒤처지게 되었고 결국 거대한 패배자의 풀을 형성하고 있다고 설명했다.

지금 우리나라가 그랬다. 서울이란 승자독식 도시가 있고 그 외 나머지 모든 지역을 통틀어 '지방'이라고 하지 않는가. 이 교수는 지식경제로의 대전환이 일어나면서 대도시와 소도시, 또는 도시와 농촌 사이의 격차는 지리적으로 승자와 패자를 갈랐고, 지리적 승패에 따라 생활 수준이 크게 달라지는 결과를 낳았다고 했다. 거대한 패배자 풀 지역에 살게 되면 생활 수준이 낮을 수밖에 없다는 것이다. 한마디로 대도시에 사느냐 아니냐가 불평등의 핵심이 되었다는 주장이었다.

나는 스스로에게 질문을 던져야 했다. 지방에 사는 사

람들은 '지리적 패자'가 되고 마는 이 승자독식 도시의 나라에서 나는 '2등 시민'이 되는 것을 무릅쓰고 기꺼이 지방으로 가서 살 자신이 있는가.

43년 전 이 씨와 39년 전 문 씨, 그리고 나

※

하루는 작정하고 포털사이트 검색창에 '탈서울'을 쳐봤다. 대체로 뉴스 기사들이 검색됐는데, 서울 집값이 이렇게 높아지기 전부터 이 단어가 존재하고 있었다. 최근이 아니라 수십 년 전부터 뉴스에선 '탈서울'을 이야기하고 있었다. 1970년대, 1980년대 뉴스 속 사연들을 보고 나는 놀랄 수밖에 없었다. 수십 년 전 이야기가 지금의 내 상황과 다르지 않기 때문이었다.

서울을 떠나고자 하는 사람들의 이야기를 43년 전 뉴스에서 만났을 때 나는 적잖이 당황했다. 지금의 내 모습과 너무도 흡사했던 것이다. 포털사이트 뉴스 라이브러리에서 '탈서울'을 검색하면 나오는 가장 오래전 뉴스는 1978년 신문의 기사였다. 나는 그 시절 자신의 탈서울

경험담을 신문에 사연으로 보낸 한 독자의 글을 읽고 복
잡한 감정에 휩싸였다.

탈서울의 변

: 경기도 부천시 심곡2동 437의 3 무지개주택 ○동 ○호[6]

새벽부터 밤늦도록 차량의 소음과 공해에 시달리며 고
생을 하면서도 선뜻 이사를 해야겠다는 용기는 나질 않
았다. 우리 집 개구쟁이가 이제 겨우 학교와 친구들에
게 정을 붙이고, 자기 학교가 세상에서 최고라고 알고
있는데 갑자기 낯선 곳으로 데려가자니 안쓰러운 생각
이 앞섰다. 나 역시 수많은 이유가 뒤따랐고 어렵게 사
귄 정든 이웃들과도 헤어지는 게 싫었다.

지난여름엔 지독한 더위에도 문 한번 활짝 열어보지 못
하고 늘 머리가 아프고 때 없이 목감기로 고생을 했다.
여름이 지나면 조금 나아지려니 여겼던 차량의 공해는
더욱 극성을 부리고, 거대한 아파트의 몸체가 흔들릴
정도의 대형 차량이 마구 질주할 때마다 나는 병든 거

---

6 이창일 씨, 조선일보, 1978.11.9.

리를 떠나야겠다고 몇 번씩이나 다짐을 했다.

이윽고 경기도로 자리를 옮기자 친구들은 내가 먼 곳으로 유배라도 가는 것처럼 위로를 하려고 들었다. (…) 시골 풍경을 처음 보는 우리 집 꼬마가 누렇게 익은 볏단을 보고 '쌀나무가 왜 그리 크냐'고 묻는가 하면, 소는 날마다 껌만 씹고 있다고 깔깔대더니 요즘은 하늘이 파랗다는 걸 안 모양이다. 늘 회색칠만 하던 하늘이 파란 크레용으로 바뀌었으니 말이다. 서울보다 채소값이 조금 싼 것 같아 지방 도시의 조촐함에 흠뻑 젖어보려 했더니, 웬걸 연탄 사기가 힘이 들어 벌써 마음부터 떨려온다.

　1978년 부천에는 쌀나무 같은 벼가 보이고 되새김질하는 소가 있었나 보다. 지금은 서울 중심가로 지하철 출퇴근도 가능한 부천이 43년 전에는 '유배지'처럼 생각되었다니 격세지감을 느꼈다. 최근 부천 심곡동에 가본 나로서는 '시골 풍경'이나 '지방 도시의 조촐함'이란 말에 도무지 공감 가지 않았지만, 그때나 지금이나 탈서울을 고민하는 마음은 본질적으로 같아 보였다.

늘 머리가 아프고, 차량의 공해가 극성을 부리는 곳, 대형 차량이 질주하는 '병든 거리'가 43년 전 이야기라니. 어린 자녀가 하늘을 회색으로 칠해오는 속상함은 미세먼지가 매년 도심을 덮치기 전인 1970년대에도 겪어야 했던 괴로움이었나 보다. 이사해보니 서울보다 채소값은 조금 저렴하지만 다른 생필품은 구하기 어렵거나 더 비싸다는 것까지…. 탈서울하고 지방에 가면 물가가 쌀 것 같지만 딱히 그렇지 않다는 것도 요즘 이야기와 다르지 않아 보였다. 최근까지 서울에 살다 지방에 간 사람이 쓴 글이라고 해도 믿을 것 같았다.

1980년대 뉴스에서도 상황은 비슷하다. 한때 서울에서 지방으로 이주하는 이들에게 정부 지원금이 나오는 시절이 있었나 보다. 단, 가난한 사람들에 한해서다. 1982년 정부가 '영세민지방이주' 정책을 펴면서 지원금을 받아 '탈서울'하는 사람들이 뉴스에 나왔다.

영세민 83가구 지방으로 이주,
정착비 받고 홀가분하게 '탈서울'[7]

"서울은 돈 없는 사람이 살 곳이 못 됩니다." 서울을 떠나는 옛 시골 사람들의 마음속에는 가난에 대한 한이 서린다. 가난에 찌든 채 소외당하며 살아왔던 서울 생활을 털어버리고 시골로 돌아가는 마음은 오히려 홀가분하고 새로운 힘까지 솟구치는 것 같다. (…) 영세민지방이주 시책에 따라 약간의 정부지원금을 받으며 서울을 떠나는 문○○ 씨(41세, 동대문구) 가족의 얼굴에는 굳은 의지가 엿보인다. 고향 근처인 충남 아산군으로 가 정착하겠다는 것이다. (…) 문 씨가 배운 것도 가진 것도 없이 서울로 올라온 것은 지금으로부터 23년 전인 18세 때. 못살아도 서울로 간다는 풍조에 따라 혼자 몸으로 서울로 흘러들었다. 그는 각박한 서울 인심 속에 어디 하나 의지할 곳 없이 공사판을 전전하며 잡부 노릇을 한 게 서울 생활의 전부였다. 그가 서울 생활에서 얻은 수확이라곤 결혼해 17세, 15세 남매를 얻은 것

---

7 경향신문, 1982.7.26.

이 전부. 날품팔이 생활로 연명하기조차 힘들었다. 그러나 서울 생활을 떨쳐버리기에는 용기가 나지 않았다. 고향에도 농토 하나 없는 실정이고 중고등학교까지 다니는 자식들의 교육을 생각하면 빌어먹어도 어떻게든 서울서 버텨야 한다는 생각이 들었다. (…)

손바닥만 한 짧은 기사가 한 사람의 인생을 이렇게 후려칠 수 있을까. 지금은 좀처럼 쓰이지 않는 단어들에는 가난에 대한 멸시와 못 배운 사람에 대한 비하가 느껴졌다. 18세 때 서울에 와 건설 현장 일을 하며 남매를 먹여 살렸을 40대 가장의 인생이 한순간에 '공사판', '잡부 노릇', '날품팔이' 같은 단어들로 얼룩져 있었다. 지방에서 올라와 아무런 기반 없이 고된 건설 현장 일을 하는 아버지, 그와 함께 저마다의 자리에서 열심히 살았을 남매의 삶이 한순간에 '얻은 수확이라곤 결혼해 남매를 얻은 것이 전부'인 서울 생활이 되어버렸다. 정직하게 일해 가족을 부양한 그의 삶을 세상은 '날품팔이'에 '잡부 노릇'을 한다고 기록해놓았다.

한 가족의 삶을 터무니없이 깎아내린 이 1980년대 기사를 보며 나는 동대문구에 사는 마흔한 살 문 씨의 삶에 감정이입을 하고 있었다. 1982년 자녀와 함께 충남으로 내려가는 이 사람의 감정과 40년 뒤 탈서울을 고민하는 내가 지금 느끼는 감정이 크게 다를 것 같지 않아서였다. 그는 "서울은 돈 없는 사람이 살 곳이 못 됩니다"라고 말하고 있었다. 나는 그가 '못살아도 서울로 간다'고 마음먹었던 10대 후반의 마음을 알 것 같았다. 혼자 몸으로 서울에 왔을 때 처한 환경이 그와 내가 크게 다를 것 같지 않았다.

왜 이토록 흡사한 걸까. 열심히 살았음에도 40대가 되어 여전히 서울에서 기댈 곳이 없다는 걸 알았을 때 그가 느낀 좌절감을 나는 알 것만 같았다. 그럼에도 어떻게든 서울에서 버텨보아야 한다는 생각이 들었던 것과 그렇다고 서울 생활을 떨쳐버리기에는 용기가 나지 않았던 것까지…. 그의 삶은 지금의 나와 빼닮아 있었다. 그는 각박한 서울에서 의지할 곳 없다가 고향으로 내려가는 마음은 오히려 홀가분하다고 했는데, 나는 그의 말을 한 번 믿어보고 싶었다.

수도 서울이 600주년을 맞이하던 1994년에도 뉴스에서 '탈서울'을 자주 이야기했다. 1990년대가 되면 탈서울에 관한 글도 표현이 점점 과격해진다. 이 도시에 산다는 '죗값', 이 도시가 주는 '재앙', 이 도시의 끔찍한 '병마'…. 꽤나 센 표현을 써서 설명해도 이상하지 않을 만큼 서울에 산다는 것이 상당한 고통이 되어 있었다.

정동칼럼 '사랑할 수 없는 서울'[8]

과밀인구가 정서적인 불안을 낳고 가족관계에서도 도피적 행위를 유발한다는 학자들의 말을 빌릴 것도 없이 서울은 이제 어느 모로 보나 가히 병리적인 의미의 한계지표에 돌입하고 있다. (…) 서울의 병은 더 깊은 데 자리 잡고 있다. 바로 서울 시민들이 이 도시의 열악함을 어쩔 수 없는 일로 받아들이려 한다는 데 있다. 이 북적거리는 도시에 나 또한 한 몸 보태어 산다는 죗값으로 이 도시가 주는 온갖 재앙에 스스로를 길들이고 있다는 데 있다. 숨 쉬고 이야기를 나누면서 걷기 어렵게

---

8   박은정 교수, 정동칼럼, 1994.7.9.

된 이 도시 사람들이 언제부턴가 도사가 되어버렸다는 점이 이 도시의 끔찍한 병마인 것이다. 서울에서 일어나는 모든 일이 어쩔 수 없는 일로 여겨지면 사람들은 탈서울의 꿈, '서울보다 나은 곳에 대한 꿈'은 가질지언정 '더 나은 서울에 대한 꿈'을 가질 수 없게 된다. (…)

지금 생각하면 27년 전 서울은 상당히 살 만했을 것 같은데 그때 언론에 글을 쓰는 지식인들은 문제가 상당하다고 짚고 있었다. 1990년대라면 우리나라 현대사에서 가장 안정된 시기 아닌가. 경제적으로도 1994년은 서울 올림픽을 치르고 나서 나라 전체가 상승세를 타던 때로, 1997년 외환위기로 IMF 구제금융을 받기 한참 전이다. 지금보다 훨씬 덜 과밀하고 덜 불안한 때였을 것 같은데 정작 당시의 진단은 그렇지 않았다. 도피적 행위를 유발할 만큼 서울의 병이 깊었다고 보았다. 이 칼럼니스트가 본 더 큰 문제는 사람들이 이 상태를 어쩔 수 없는 일로 여기며 개선하려는 욕구조차 가지지 못한다는 점이었다. 탈서울은 꿈꿀망정 더 나은 서울은 꿈꾸지 않는 상태가 정녕 문제라고 했다.

1970년대부터 곳곳에서 등장하던 '탈서울' 뉴스는 1994년 수도 서울이 600주년을 맞으며 정점을 찍는 듯 많이 회자되더니 한동안 자취를 감췄다. 2000년대에는 기사에서 탈서울이란 단어를 찾아보기 어려웠다.

그렇게 뜸하던 '탈서울' 뉴스는 올해 다시 등장하기 시작했다. 신문 1면 제목에 등장하고 인터넷 메인 화면의 뉴스에서도 이 단어가 자주 보였다. 대부분 주택 문제로 서울에서 밀려나는 사람들의 이야기였다.

미친 집값… '탈서울' 올 10만 명 넘을 듯[9]

천정부지 치솟는 서울 집값과 전셋값을 감당하지 못해 서울을 떠나는 시민들이 올해 10만 명을 웃돌 것으로 보인다. 풍선 효과로 경기 인천 집값마저 크게 오르는 것으로 나타났다.(…)

뉴스에서는 '탈서울' 인구가 올해 몇 만이 될지 관건이라는 말을 전하며 지난해와 올해 인구 이동 증가세가 심

---

9   서울신문, 2021.7.9.

상치 않다는 말이 이어졌다.[10] 최근 몇 년 사이 계속된 부동산 가격 폭등, 그리고 코로나19로 인한 변화된 사회상이 겹친 결과라고 전문가들은 분석하고 있었다.

---

10 2022년 1월 발표된 통계청의 '2021년 국내인구이동통계'를 보면, 그해 서울에서 다른 시도로 전출한 인구는 총 56만 7,000여 명이며, 이중 경기도와 인천으로 이사한 인구는 40만 명이었다.

탈서울이 비현실적인 이유

✳

인터넷을 하다가 한 영상에서 '서울수저'[11]라는 신조어를 보고는 피식 웃음이 났다. 금수저, 은수저란 말처럼 서울에서 나고 자란 사람들은 수저를 하나 물고 태어난 것만큼 기회를 더 가졌다는 뜻이었다. 영상 아래에는 '서울에 산다는 건 스펙이다' 같은 댓글이 달려 있었다.

20대 이후를 줄곧 서울에서 유학생(?) 신분으로 보낸 내가 보기에도 '서울수저'는 만만치 않은 무기였다. 지방에 살며 서울로 학원이라도 다니려면 그만큼 체류 비용이 드는 것은 물론이고, 대학 4년에 취업 준비도 하며 서울에서 1인 가구 생활을 계속한다면? 유학 비용은 만만치가 않다. 비용만의 문제도 아니다. 사회적으로 치열한

---

11   〈서울에 살고 있다면? 당신은 수저를 가졌습니다〉, '서울경제썸 Thumb', 유튜브, 2018.8.

경쟁의 시기인 20대와 30대를 정서적 안정감을 느끼며 부모님 집에서 지내는 서울수저들과 그렇지 않은 비서울수저들은 결코 같을 수가 없었다. 친구들을 보면 똑같은 회사에 취업했더라도 집이 서울이면 시드머니를 금세 모아 재테크의 다음 단계로 접어드는 것이었다. 세대론을 이야기하는 학자들은 '언제 태어나느냐'로 한 사람의 계층이 결정된다고 하지만, 요즘은 '어디에서 태어나느냐'도 한 사람의 계층을 가르는 핵심 요인이 되는 것 같았다.

상황이 이렇다 보니 정부기관에서 나온 보고서조차 젊은 나이의 사람들이 수도권으로 이동하는 것은 자신의 경쟁력 확보를 위한 합리적 선택이라고 현실을 인정하고 있었다. 교육의 기회와 양질의 일자리는 물론 문화적 다양성을 살펴보더라도 그랬다. '모로 가도 서울만 가면 된다'는 말이 틀리지 않는 구조였다. 서울이나 경기도 같은 수도권에서 어떻게든 벗어나지 않으려 애쓰는 게 요즘의 사회 분위기인데, 경쟁에서 이기고자 하는 인간의 본성상 이런 분위기는 어찌 보면 자연스러운 것일 수밖에 없다는 분석이었다.

개인은 수도권에서 획득할 수 있는 양질의 자원을 차지하기 위해 수도권으로 이동하며, 이는 경쟁력 확보 노력의 발로이다. (…) 수도권에서 제공되는 양질의 자원을 포기하기보다는 경쟁에서 승리하여 차지하려는 경향이 강력하게 나타날 수 있다.[12]

최근 나온 감사원 보고서[13]와 연구 용역에서는 이런 상황을 정확히 설명해주고 있었다. 평균 연령 27세인 1,047명의 전국 표본을 대상으로 '청년들의 수도권 선호 경향'을 연구했는데, 실제 어디에 살고 있는지와 무관하게 경쟁심이 높은 청년일수록 일자리와 성공 기회, 친교와 인맥, 문화생활, 주택과 부동산 등에서 수도권이 지방보다 더 많은 기회가 있다고 여기는 경향이 나타났다. 이미 수도권의 고밀도 환경에 노출된 청년일수록 계속 수도권에 살며 자신의 경쟁력을 높이려는 경향도 강했다.

한국에서 대학 입시와 취업 경쟁을 한 번이라도 치러본 사람이라면 알 것이다. 우리나라에서 대학과 취업 자

---

12 〈우리나라 초저출생의 심리적 원인 : 인구밀도로 인한 사회적 경쟁 및 수도권 집중을 중심으로〉, 서울대 인지과학연구소, 2020.9.

13 〈인구구조변화 대응실태1(지역)〉, 감사원 감사보고서, 2021.7.

리는 거의 수도권에 몰려 있다는 사실을. 이 보고서에서 전국 시군구에 위치한 주요 시설물 분포(2018년 기준)를 분석했는데, 규모가 큰 종합대학, 사원 수가 많은 중견 기업 등이 수도권에 압도적으로 많은 것은 예상대로였다. 외국 요리 한 그릇을 사 먹더라도 수도권에 살아야 쉽게 사 먹을 수 있는 구조였다. 문화적 다양성을 측정하기 위해 수도권과 비수도권 지역의 기타 외국 음식점 수의 분포를 비교했는데, 이마저도 수도권에 몰려 있었던 것이다.

어디 공부할 곳과 취업할 자리, 맛있는 음식을 먹을 음식점만 그럴까. 지방 사는 고3 여학생이 주인공인 웹드라마 '인서울 : 내가 독립하는 유일한 방법'(2019)에는 〈지방 사는 덕후 서러워서 살겠냐〉 편이 있다. 서울에 있는 가수 '오빠'들을 만나는 게 소원인 주인공 다미는 밤새 휴대폰으로 영상을 본다며 한 소리 하는 엄마한테 이렇게 받아친다.

"나 같은 지방러가 덕질하는 방법은 이것밖에 없어. 우리도 서울 살면 좀 좋냐고."

고등학생인 다미가 지방 사는 서러움 중에 제일 큰 서

러움으로 여기는 건 바로 '오빠들' 콘서트에 못 가는 거다. 학교 가는 길에 풀린 지 얼마 안 된 영상을 보는 친구에게 다미는 말한다. 콘서트에 가서 실제로 오빠들을 보고 싶다고. 하지만 친구 하림은 딱 잘라 반문한다.

다림 : 이왕이면 콘서트 가서 보고 싶다.

하림 : 콘서트는 서울 사는 애들이나 가는 거.

다미 같은 '지방러'들은 청소년기를 보내며 뼛속 깊이 알게 된다. 어떻게든 서울에 가야 하고, 거기에서 밀려나면 본인이 원하는 걸 할 수 없는 구조라는 걸.

모든 것이 수도권에 몰려 있는 구조에서 10대와 20대를 보낸 이들은 어떻게든 자원이 많은 환경에서 버티며 경쟁에서 이기는 방향으로 생존 본능을 발휘할 수밖에 없다.

그래서일까. 탈서울을 하더라도 탈수도권을 택할 수 있는 사람은 많지 않은 것 같았다. 서울에서 주로 이사하는 지역을 살펴보니 바로 근처, 경기도였다. 최근 20년간 서울 인구는 지속적으로 경기도와 인천으로 연평균 12만 명[14]씩 빠져나가고 있다. 특히 경기도의 팽창은 급격하다. 고도 경제성장기와 함께 인구가 꾸준히 늘던 서울은 2021년쯤이 되었을 때 '천만 서울'이 무너졌고, 그 뒤 인구는 꾸준히 감소 추세가 되었다. 하지만, 경기도 인구는 지난 50년간 한 번도 감소한 적이 없다. 50년 동안 1,000만 명 이상[15] 늘었다. 반백 년 만에 네 배가 된 것이다.

경기도 인구가 이토록 늘어난 것은 어떻게든 사람들이 수도권에 머물 방법을 찾고 있다는 뜻일 것이다. 서울로 출퇴근이 가능하면서도 서울보다 저렴한 주거지가 있는 곳으로 이동하면서 말이다. 사람들은 이미 서울에 사는 것을 '기본값'으로 여기고 경기도로 이사하는 것은 '밀려남'이라 부르고 있었다. 서울 집값이 급등했던 2021년에는 약 40만 명이 서울에서 경기도(36만 명)와 인천(4만 명)으로 이사했다.[16]

---

14 〈최근 20년간 수도권 인구이동과 향후 인구전망〉, 통계청, 2020.6.

15 1970년 264만 명, 2020년 1,341만 명. 〈최근 20년간 수도권 인구이동과 향후 인구전망〉, 통계청, 2020.6.

16 통계청에서 발표한 '2021년 국내인구이동통계'에 따르면 2021년 서울에서 다른 시도로 전출한 이들(56만 7,000여 명)이 가장 많이 이동한 시도는 경기도로, 36만 2,116명(63.8%)이 서울에서 경기도로 이사했다. 그다음 많이 이동한 시도는 인천으로, 4만 4,859명(7.9%)이 이사했다.

탈서울하고 싶다고 하면서 수도권에서 너무 멀지 않은 강원충청권을 살펴보는 내 모습이 떠올랐다. 수도권에서 얻을 수 있는 양질의 자원과 다수의 기회들로부터 너무 멀어지지 않기 위해 필사적으로 노력하는 모습이 내 안에도 어느새 자리 잡고 있었다.

서울 아닌 곳에서 행복을 찾은
7인의 기록

4

서울에서 지방으로 이사한 사람들을 많이 만나보고 싶었다. 내가 한 고민을 먼저 한 사람들에게서 나의 끝나지 않는 망설임에 대한 답을 찾고 싶었다. 왜 이사를 결심했는지, 지역은 어떻게 정했는지, 후회 없는 선택을 위해 무엇을 준비해야 하는지…. 이미 '탈서울'을 경험한 사람들을 찾아 이야기를 들어보면 조금이라도 해법을 찾을 수 있을 것 같았다.

막막함에서 나온 뜬금없는 짓이었을까. 인터넷 커뮤니티에 탈서울 경험담을 듣고 싶다고 글을 올렸다. 어떤 이유로든 한창 일할 나이에 서울에서 지방으로 간 사람들을 열심히 찾았다. 이사하는 사람이 많이 오가는 포털의 방 구하기 카페 같은 곳에 글을 올리고 내 이메일 주소를 남기기도 했다.

내가 '탈서울'한 건
코로나와 미친 집값 때문

80년생 해피맘 님 / 2021년 2월, 서울에서 경기 이천으로 이사 /
그림책 활동가

※

선뜻 연락 오는 이는 없었다. 괜한 짓을 했나 싶었다. 한
없이 기다리다가 인터넷 검색창에 '탈서울'이란 단어
를 쳐봤다. 그랬더니 의외의 성과가 있었다. '탈서울합니
다'란 제목의 글이 검색된 것이다. 자세히 보니 서울 '노
도강'(노원구 도봉구 강북구) 지역 주민들이 모인 인터넷
커뮤니티에 올라온 글이었다.

탈서울하네요. 제가 탈서울한다니까 다들 거긴 집값
이 싸냐고 물어옵니다. 직장만 아니면 집값 싼 데 가
고 싶다고. 저는 반반입니다. 서울 토박이는 아니지
만 확실히 인프라가 다르긴 하겠죠. 숨 쉬듯 그 인프라
를 자연스럽게 누리고 살았는데, 인프라를 포기한 약

149

간의 대가로 집 평수가 넓어지고 자연을 가까이서 느
낄 수 있다는 장점은 얻을 거 같아요. 그리고 자가로 갑
니다. 강봉원(강북구 도봉구 노원구)에서 살아온 시간
이 벌써 10년이네요. 아쉬워서 글 남기고 갑니다. 다
들 부자 꿈 이루시고 좋은 일만 가득하세요.

_ happymom

서울 강북 지역에서 10년을 살았다는 '해피맘'은 왜
2021년 2월 서울을 떠났을까 몹시 궁금해졌다. 서울의 인
프라를 포기한 대가로 집 평수가 넓어지고 자가가 생겼
다는 그녀는 어디로 이사를 한 것일까. 나만 궁금한 게 아
니었다. 해피맘의 글에는 댓글이 여럿 달려 있었다.

저희도 강제 탈서울을 할 판이네요. 집값이 엄청 올라
서….
직장만 아니면 진짜 탈서울하고 싶습니다…. 축하드려요.

서울 집값 때문에 고통받는 내용들, 그럼에도 직장이
서울에 묶여 있어서 이사가 쉽지 않다는 내용들이었다.

'해피맘' 이름에 마우스를 갖다 대자 나온 블로그에는 운 좋게도 연락처가 있었다. 용기를 내 전화를 걸었다. 통화 연결음이 울렸지만 받지 않았다. 쉽게 포기할 수 없어 문자를 남겼다.

안녕하세요. 포털사이트에서 글을 보고 연락드립니다.

얼마 뒤 연락 온 해피맘은 나보다 다섯 살 많은 80년생 두 아이의 엄마였다. 휴대폰 저편에서 들려온 목소리는 무척이나 밝았다. 인터넷을 통해 무작정 연락한 나에게 그녀는 자신의 이야기를 진솔하게 들려주었다. 20대 때까지 대구에 살다 결혼과 함께 서울에 온 해피맘은 노원구에서 5년, 강북구에서 4년을 살았다고 했다. 그러다 올해 초 남편과 여덟 살, 네 살인 두 아들을 데리고 경기도 이천으로 이사했다. 가족이 이사를 결정한 이유는 코로나로 인해 일터에서 위기가 왔기 때문이었다. 해피맘은 전화 통화와 이메일로 그간의 스토리를 자세히 보내주었다.

① 일단 집이 해결됐다

가족이 서울을 떠나기로 결정하게 된 계기는 코로나 때문이었습니다. 남편이 몇 년 전부터 서울에서 마을버스 기사로 일했는데요. 시내버스로 가기 위해 찬찬히 준비를 하고 있었습니다. 시내버스 기사가 되면 월급이 안정적이고 복지가 좋다고 하거든요. 사실 마을버스 운전은 박봉이었고 처우도 정말 좋지 않았습니다. 하지만 시내버스로 가기 위해서는 마을버스 기사 생활이 경력으로 필요했기에 남편은 마을버스 일을 묵묵히 했습니다.

그러나 코로나가 터지면서 마을버스 배차 간격이 감소하게 되었어요. 많지 않은 월급은 더 줄었습니다. 그럼에도 서울 시내버스로 가기 위해 준비하는 기사들은 많아서 경쟁은 점점 치열해졌습니다. 하지만 저희 가족의 경우 줄어든 월급으로는 외벌이 4인 가족 생활이 도저히 유지되지 않았습니다.

때마침 전세 기간 만료가 다가왔습니다. 24평 전세로 아파트에 살고 있었는데, 4년 살던 지역의 전세 보증금이 엄청 올랐어요. 서울 '노도강' 지역이었죠. 전세 보증금이 거의 두 배가 되어버렸어요. 전세 만료는 다가오지 남편 월급은 줄었지, 막막했습니다. 저희가 가진 보증금으로 갈 곳을 찾기 어려웠어요.

그 와중에 남편이 새로운 일자리로 옮기게 됐어요. 친척분이 하던 물류센터 일인데, 코로나 때문에 일손이 부족해서 마침 수월하게 이직이 된 거예요. 같은 시기에 버스 회사는 인력을 줄였지만 물류센터는 일손이 부족했어요. 이사를 결정하고 물류센터가 있는 이천에서 집을 알아보다 저희가 가진 예산으로 아파트 자가를 마련할 수 있다는 걸 알게 됐어요. 지은 지 10년 정도 된 34평 아파트였죠. 더 이상 고민할 게 없이 이천으로 이사했어요. 이사 과정은 별 어려움이 없었습니다. 집을 알아보거나, 인테리어를 준비할 때 서울에서 이천을 오가던 것, 이천 지역에 대한 정보가 많지 않아 정보를 알아보는 것들 빼고는 수월했습니다.

대구에서 태어난 저는 원래 지방에 살던 사람이라 지방으로 이사 가는 것에 대해 별 걱정이 없었어요. 망설인 부분이 있다면 서울에서 사귀었던 사람들과 멀어지는 점이었죠. 하지만 집에 대한 스트레스가 너무 커서 이사를 결심할 땐 사귀었던 사람들과 멀어지는 걱정보다 집 걱정이 더 컸어요. 이사할 즈음 아파트가 노후화되어 안 좋은 사건들이 많이 일어났었고요. 주변이 시끄럽고 그랬어요.

지금은 이사한 지 3개월되었는데, 저는 무척 좋아요. 일단 집에 대한 안정감이 제일 커요. 남편 직장만 해결되면 저는 굳이 서울에 살 필요가 있나 생각해요. 제 라이프 스타일이 대형 마트 맨날 가고, 백화점 좋아하고, '신상' 사야 하고, 그런 스타일이 아니에요. 전 주부니까 콩나물과 두부를 근처에서 살 수 있으면 돼요. 그렇게 큰 쇼핑 시설이 많지 않아도 불편하지 않아요.

② 이사 후 찾아온 뜻밖의 행운

탈서울을 실행하는 과정에서 해피맘은 약간의 고민거리가 있었다. 서울에서 쌓은 인간관계와 소속감이 사라지는 것이었다. 여덟 살과 네 살인 아이들도 동네에 어울리던 친구들이 있었다. 그동안 알고 지내며 정들었던 사람들과 헤어지는 것이 아쉬웠다.

그래서 해피맘은 이사한 뒤 제일 먼저 이천 지역에 있는 일자리센터에 등록했다. 새 지역에 소속감을 느낄 방법을 찾은 것이다. 센터에서 만난 분들과 교류하면서 고민했던 점이 어렵지 않게 해결되었다. 센터를 통해 서울에서는 구하기 어려웠던 일자리도 갖게 됐다.

"이사하면서 제 직업을 갖고 싶었어요. 제가 출산 전에는 쇼핑몰 사업을 오래 했는데요. 애 낳자마자 경력 단절이 됐어요. 두 아이 육아에 전념하며 일을 할 수 없었는데, 그래도 일을 찾고 싶었죠. 이천여성새로일하기센터에 등록해 독서 동아리에 들어가게 되었어요."

해피맘은 이천에 이사 온 뒤 도서관에서 어린이나 성인을 대상으로 강의하는 그림책 활동가(그림책을 읽어주며 미술치료 수업을 하는 강사)로 일하고 있다. 어린이에게 그림책을 어떻게 봐야 하는지, 성인들에게는 아이에게 그림책을 어떻게 읽혀야 하는지 설명하는 일이다.

"저는 죽 전업주부로 살다가 그림책 활동가라는 직업을 갖고 싶어서 서울에서도 직업센터를 통해 1년 정도 준비를 했어요. 그런데 일자리로 이어지지 못했어요. 아무래도 서울에서는 원래 활동하는 분들이 많았고 취업으로 이어줄 사람도 없어서, 제가 스스로 발로 뛰며 강의처를 찾아야 했는데요. 물론 강의로 이어지진 못했고 대부분 재능 기부에 그쳤어요. 여기에서는 센터에서 강의를 주선해주시고 지원도 많이 해주시고 계세요. 이사를 계기로 내 일을 다시 갖게 되어 정말 기뻐요."

③ 여기에 뭐가 없진 않아요

Q : 이사하면서 어떤 점을 특히 기대했어요?

A : 내 집 마련, 여유로운 생활, 기본적인 욕구가 충족되는 생활을 기대했죠.

Q : '기본적 욕구가 충족되는 생활'요?

A : 음, 그러니까 서울 살 때는 무척 아껴야 했어요. 집 장만을 위한 부담감이 항상 있었죠. 먹고 쓰는 것에 대해 무척 절약을 했습니다. 뭐랄까, 옷 같은 거 구입할 때요. 특히 제 옷은 거의 안 샀어요. 그렇게 아끼면서 살았죠. 신용카드도 안 썼어요. 그렇게 살다가 여기로 이사 오면서 지금 집에 만족하니 더 나은 집을 사야 한다는 경제적 부담감이 없어졌어요. 심적으로 여유가 생겼죠.

Q : 이사할 때 예산은 대략 어느 정도였나요?

A : 2억 중반 정도였습니다.

Q : 이천에서 동네는 어떻게 선택했어요?

A : 빚을 더 안고 살고 싶지 않았기에 저희가 가진 예산에서 갈 수 있는 집을 우선으로 골랐습니다. 초등학교 1학년에 들어가는 아이가 있어서 학교를 도보권으로 안전하게 다닐 수 있는 곳이었음 했고요. 저희는 귀농 귀촌이나 전원생활이 목표가 아니었기 때문에 마트, 음식점, 병원, 약국 등 인프라가 어느 정도 갖춰진 곳을 선호했습니다.

해피맘에게 경기도 이천이 살기에 어떤지 꼬치꼬치 물어보았다. 사는 데 필요한 것들이 얼마나 있는지 궁금했다. 그녀는 주거 여건이야 서울보다 월등히 좋아서 대만족이라고 했지만, 주변 생활 편의 시설이나 두 아이를 교육하기는 어떤지, 가끔 바람 쐬러 갈 수 있는 문화 시설은 있는지, 가족의 전반적인 삶의 질이 궁금했다.

그녀는 무엇보다 주변에 높은 건물이 많지 않다 보니 답답함이 덜하다고 했다. 차를 타고 조금만 시내를 벗어나면 쉽게 논과 밭이 보이는 것도 만족 포인트 중 하나라고 말했다.

"생활 편의 시설이야 서울보다 적지만 그렇다고 이곳에 뭐가 없진 않아요."

요즘은 코로나로 사람 많이 모이는 곳에 갈 일이 적다 보니 주변에 갈 만한 곳이 부족하다고 느끼진 않는다고 했다. 꼭 이천 시내가 아니라도 근처에 쉽게 갈 만한 쇼핑몰들이 잘 되어 있다고 했다. 가족은 성남 판교신도시로 자주 드라이브를 가곤 한다.

"서울 살 때는 교통 상황이 하도 좋지 않아서 어디에 가려면 차가 많이 막혔죠. 지금은 대형 쇼핑몰에 가고 싶을 때 경기 하남이나 성남 쪽으로 가는데요. 30~40분이면 가요. 막히지 않고 가까워요."

시내 대중교통은 자차가 없으면 불편할 때가 많다고 했다. 그래도 대중교통으로 인근 도시를 오가기에 2016년 경강선이 개통되어 상황이 나쁘지 않아 보였다. 근처 여주나 광주, 성남 판교까지 전철로 오갈 수 있고, 이천역에서 서울 강남역까지는 1회 환승으로 50분 정도 걸린다.

살기 조금 불편한 점을 굳이 꼽자면, 그녀는 아무래도 병원이라고 했다. '서울만큼' 잘 되어 있진 않다면서. 해피맘은 아직 아이들이 어리기 때문에 주변에 소아

과나 갑자기 갈 수 있는 응급실이 중요했다. 이천에는 경기도의료원 이천병원이 가장 큰데 2019년 300병상으로 확대해 종합병원으로 문을 열었지만, 그 이전에는 응급 환자라도 성남 분당, 수원, 용인의 큰 병원으로 가야 했다.

해피맘은 서울에서 지방으로 이사를 고민할 때 살게 될 지역의 인프라를 잘 살펴보라고 강조했다. 어디든 '서울만큼' 되어 있진 않을 것이기에 말이다. 당장 집만 알아보지 말고, (자녀가 있다면) 아이가 다닐 어린이집이 근처에 있는지, 유치원이나 학교가 인접한지, 살게 될 생활권에 기반 시설이 잘 갖춰져 있는지를 봐야 한다는 것이다.

두 아이의 엄마인 그녀는 아무래도 자녀 교육에 관해서만큼은 주변으로부터 '어떻게든 서울에서 버텨라'는 이야기를 많이 들었다. 하지만 해피맘은 이천에서도 큰 불편은 못 느낀다고 했다.

Q : 아이들 교육시키기엔 서울과 이천이 어떻게 다른가요?

A : 별 차이 못 느껴요. 아직 초등학교 1학년이기도 하고요. 각별히 좋은 교육을 시키고 싶다거나, 애 교육을 위해 '반드시 대치동에 가겠어', '서울대를 보내야겠어' 이런 마음이 있으면 또 모르겠는데요.

Q : 사람들이 아이들 교육 때문에 서울을 못 떠난다고들 하는데요.

A : 서울 살 때 주변 엄마들 보면, 잘 시키고 싶다고 해서 서울에 있는 교육 인프라를 다 누리면서 살지는 못 해요. 막상 보통 사람들은 가진 예산에서 태권도 하나, 학습지 하나, 이 정도 시킵니다. 그게 서울이랑 이천이랑 얼마나 차이가 있겠어요.

Q : 아이가 중고등학생이 될 때의 계획은 어떠신가요?

A : 애가 적성 찾는 거 봐서 차차 생각할 계획입니다. 만약 아이가 이천에 없는 것을 적성으로 찾게 되면 그때 고민해보려고요. 고등학교 갈 나이쯤 되면 기숙사 생활을 할 수 있으니 아이만 보낼 수도 있고요.

④ 서울을 떠나는 건 밀려남이 아니다

해피맘에게 서울에서 살면서 제일 힘들었던 걸 말해달라고 했더니 역시나 집 문제를 꼽았다. 집이 없어도 힘들지만, 집을 마련하더라도 엄청난 대출을 끼고 허리띠 졸라매고 평생 살아야 하는 그 삶이 감당하기 어렵다고 했다.

"사실 서울 집값이 어마어마하잖아요. 아파트는 이제 3~4억 원대는 아예 눈 씻고 찾아봐도 없죠.[1] 있다고 해도 저희가 가진 돈 2억에 빚을 2억 내서 산다면 한 달에 갚아야 할 돈이 월급의 상당 부분을 차지하죠. 물론 대출 2억으로 이젠 어림도 없지만요."

이제 3~4억 원대에서 구할 아파트는 아예 눈 씻고 찾아봐도 없다는 말, 해피맘은 매수를 뜻하는 말이었지만 나는 전세로 이해했다. 이미 서울 아파트 전세가조차 3~4억 원으로는 힘들었다. 매수든 전세든 나는 해피맘이 말한 취지를 전적으로 이해했다.

"그렇게 빚을 내면 먹고 싶은 음식이 있어도 참아야 하고 옷 한 벌 사고 싶어도 꾹 누르면서 살아야 해요. 내

---

1 《월간 KB주택시장동향》, 2021.5. 서울 중소형 아파트 평균 매매가 9억 9,585만 원.

집 마련을 못 해도 걱정, 마련해도 걱정인 것 같아요."

어찌어찌 집을 장만했더라도 대출금 갚느라 허리가 휘는 서울 생활이 그렇게 만만치가 않다는 뜻이었다. 해피맘은 이천에 온 뒤 마음가짐이 조금 달라졌다고 했다. 내 집 마련을 하게 되면서 매사 조마조마했던 마음이 달라졌다고 했다.

"악착 같은 마음이 좀 사라진다고 해야 하나요? 이곳에 오니 어디에 손 벌리지 않아도, 크게 대출받지 않아도, 주거가 해결되어 일단 마음에 조바심이 없어요."

해피맘은 서울에 살던 때를 떠올리면 제일 먼저 사이렌 소리가 떠오른다고 했다. 대로변에서 살았는데, 거의 매일 소방차나 구급차 사이렌에 시달렸다고 했다. 얼마 전 이천에 새로 이사한 곳에선 대로변의 무지막지한 소음이 거의 들리지 않는다면서.

Q : 일상에서 소소하게 이사하고 달라진 걸 느끼는 순간이 있다면요?

A : 아, 우리나라에 새의 종류가 이렇게 많구나를 제

일 먼저 느꼈어요. 비둘기만 있는 게 아니었어요. 이곳에는 아파트 단지 내에서도 정말 다양한 새가 날아다녀요.

Q : 주변 풍경은 어때요?

A : 건물이 빽빽하게 들어서 있지 않으니 서울에 갈 일 있다가 이천에 돌아오면 시야가 편한 느낌입니다. 여기는 평평한 땅이 보여요. 땅에서 계절별로 무언가 자라고 올라오는 것을 보는 것만 해도 힐링이에요. 얼마 전 시내에서 면 쪽으로 갈 일이 있었는데, 양옆으로 펼쳐진 청보리밭에 어찌나 감동을 했던지요. 그리고 제가 사는 아파트에는 어린아이들이 정말 많이 살아요. 놀이터에서 아이들이 거의 매일 뛰어 놀아요.

많은 사람들이 '탈서울'한다고 하면 대체로 밀려남을 이야기한다. 감당할 수 없게 된 집값으로 더 이상 서울에선 버티기 힘들어 지방으로 '밀려났다'고 생각하기 쉽다. 하지만 해피맘네 가족은 탈서울을 통해 새 기회를 얻었다.

"이천에 이사 올 때 서울이 나를 밀어낸다고 농담조로 이야기했는데요. 와보니까 아니더라고요. 제가 일하

려고 하는 직종에서 오히려 기회가 있었어요. 집 매수
도 그랬고요. 지금 생각하니 전혀 밀려남이 아니었어요.
남편은 전셋집을 탈출한 것만으로도 기쁘다고 해요."

해피맘은 서울에서 이천으로 이사한 것에 크게 만족
한다고 했다. 아이들은 가끔 서울에 있는 친구들을 그리
워하긴 하지만 말이다.

※ Tip ※ 서울에서 지방으로 이사하려는 분들께

1. 서울에서 이천으로 이사할 수 있었던 이유 중 하나는 남편의 직장이에요. 탈서울을 결심했다면 진짜 그 지역에서 어떤 일을 할 수 있는지 확실히 결정해서 와야 할 것 같아요. 그리고 어딜 가든 새로 적응해야 한다는 부담은 늘 있는 것 같아요.

2. 당장 집만 알아보지 말고 살게 될 지역의 인프라를 살펴봐야 합니다. 집을 알아보며 유념할 점으로 (자녀가 있다면) 아이가 다닐 어린이집이 있는지, 유치원이나 학교가 인접한지, 생활권에 기반 시설이 잘 갖춰져 있는지를 고려해야 합니다.

3. 아기자기한 '지역 갬성'을 누리는 재미가 쏠쏠합니다. 나와 내가 사는 지역이 함께 성장해간다는 생각을 가지고 살면 좋지 않을까 생각해봅니다. 그리고 서울에서는 나한테까지 오지 못했던 기회들이 지역에 오면 오는 것 같아요.

4. 탈서울을 막 권하기에는 신중해집니다. 사람마다 취향과 특성이 다르고 처한 배경도 다르니까요. 하지만 생각해보면, 그렇게 다른 건 또 많지 않답니다. 동네 마트에서 콩나물, 두부 사다가 찌개 끓이고 인터넷 쇼핑으로 옷을 사 입고요. 하지만 저희 부부의 신조는 '사람 사는 곳은 다 똑같다!'입니다. 살다 보니 다 적응하면서 살아지더라고요.

서울 밖에서 취미 생활이 업그레이드되다

81년생 김영길 씨 / 2020년 3월, 서울에서 춘천으로 이사 /
사업체 운영

※

흔히 생각하길 서울을 떠나면 누릴 수 있는 취미 생활의
범위가 줄 거라고 생각한다. 하지만 어떤 취미냐에 따라
다르다. 익스트림 스포츠를 좋아하는 81년생 영길 씨는
2020년 서울 강동구에서 강원 춘천으로 가족과 함께 이
사한 뒤 크게 만족하고 있다. 캠핑, 클라이밍, 스킨스쿠
버, 스카이다이빙 같은 스포츠를 즐기는 영길 씨는 춘천
시가지에서 조금만 나가면 만날 수 있는 자연환경을 충
분히 활용하고 있다.

영길 씨를 처음 만난 건 2020년 10월이었다. 나는 코로
나19로 달라진 생활 양식에 대해 취재하고 있었다. 재택
근무가 활성화되어 좁은 사무실에서 벗어난 사람들이나

아파트를 떠나 단독주택으로 이사한 가족들을 찾고 있었다. 그렇게 가족이 함께 서울에서 춘천으로 이사한 영길 씨네 집에 방문하게 됐다. 영길 씨네 가족은 2020년 3월 서울 강동구의 한 아파트에서 강원도 춘천시 우두동 단독주택으로 이사했다. 직접 대지를 매입해 집을 지은 것이다.

당시 만난 영길 씨네 가족은 새집에 이사 온 뒤 분주한 모습이었다. 작은 사업체를 꾸리는 영길 씨는 서울 강남의 사무실까지 일주일에 네 번 정도 자가용을 몰고 서울과 춘천을 출퇴근하고 있었다. 아내의 일터는 가족이 직접 지은 주택 내에 마련된 재택근무용 사무실이었다.

그때 나는 영길 씨가 단지 넓은 공간에서 생활하기 위해 서울을 떠났다고 생각했다. 9세, 5세 아이가 있는 부부는 서울에서 전세로 살던 아파트에서 시시때때로 층간소음 항의를 들어야 했고 새벽 소음과 주차 문제에 시달렸다. 아이는 아토피 피부염이 생겼다. 영길 씨는 아파트 대신 아이들이 뛰어놀 수 있는 넓은 집을 원했고 서울을 떠나 춘천에 집을 지었다. 부부가 모은 자금 2억 원에 절반의 대출을 끼고 총 예산 4억 원이 들었다. 마당과 테라스에 넷플릭스를 보는 다락방까지 3층짜리 주택이었다.

얼마 후 가족이 이사한 이유가 단지 공간 부족 때문만은 아니었다는 사실을 알게 됐다. 몇 달 뒤 영길 씨를 춘천문화재단의 유튜브 영상에서 만났기 때문이었다. 그는 춘천으로 이사 온 소감을 밝힌 한 영상에 출연해 "이사한 뒤 진정한 익스트림 레저 라이프가 시작됐다"고 말하고 있었다. 그는 주중엔 서울에 있는 회사에 출퇴근하며 본업에 충실하고, 주말엔 충북 충주에 가 스카이다이빙 강사로 일하며 일과 취미라는 두 마리 토끼를 잡고 있었다. 춘천문화재단의 영상매거진 '탈서울'에 출연한 그는 서울에서 춘천으로 온 뒤 삶의 많은 부분이 변화했다고 전했다. 아래는 진행자와 영길 씨의 대화이다.

Q : '탈서울'하고 뭐가 좋아요?

A : 좀 더 재미있어졌다? 행복해졌다? 아, 스트레스 지수가 계속 낮아지고 있어요. 부부싸움도 덜하고 그런 긍정적인 효과가 있는 것 같아요.

Q : 서울에서의 생활은 어땠나요?

169

A : 서울에서는 여유가 없었어요. 워낙 집값도 비싸고… 경제적인 것들을 주변과 계속 비교하다 보니 마음에 여유가 없었던 것 같아요.

Q : 서울에서 춘천으로 이사한 뒤 어떤 점이 달라졌어요?

A : 무엇보다 라이프 패턴이 바뀌었다는 느낌이 들어요. 취미에서 생기를 되찾아 다른 일들도 더 활력 있게 할 수 있게 됐죠. 서울은 워낙 이동 거리가 길어서요. 취미 생활을 하러 가기 위한 이동 경로가 너무 빡빡하죠.

Q : 춘천은요?

A : 춘천은 30분만 가면 인공 암벽 시설을 갖춘 암장이 있고요. 산도 있고, 호수도 있고, 레저를 즐기기에 정말 최적인 것 같아요. 엊그제도 캠핑을 갔다 왔는데요. 10분 가서 송암 캠핑장에서 캠핑하고 오고….

'탈서울' 영상에 출연한 그가 무척이나 반가웠다. 나는 다시 그에게 연락해 6개월간의 안부를 물었다. 여전히 서울 춘천 출퇴근을 이어가는지 궁금했고, 특히 새로 지은 집에서 1년을 지내본 소감이 궁금했다. 지난해 만난 그는 이사하고 얼마 지나지 않아 들뜬 모습이었다면, 올해 다시 연락한 그의 목소리에는 안정감이 묻어났다.

"지금 집에서 엄청 만족스럽게 살고 있어요."

반갑게 통화를 하며 그에게 서울에서 춘천으로 이사하기까지의 구체적인 과정을 들려달라고 했다. 이사를 결심하고부터 춘천에 집을 짓고, 자리 잡기까지…. 결코 만만치 않았던 탈서울 후일담이 듣고 싶다고 했다. 그는 지난 2년여의 시간을 정리하며 긴 편지를 보내왔다.

강원도 인제에서 태어난 영길 씨는 초등학교 1학년 때까지만 그곳에 살았다. 이후 경기도와 서울에서 줄곧 살았다. 성인이 된 뒤로는 서울에서 거의 일 중심으로 살던 것 같다고 그는 회상했다. '뭔가 엄청 힘들게 살았다' 이런 건 아닌데, 어딘가 모르게 답답한 느낌이 늘 있었다. 아파트에서 아이 둘을 키우면서 층간소음으로 인한 아래층과의 다툼이 있었다. 그 시기 불면증에도 시달렸다. 가족들과 주말에 외곽으로 캠핑 한번 가려고 해도 수월하지 않았다. 집에서 주차장까지 모든 짐을 옮기고, 돌아오면 다시 집으로 나르고 하는 일이 쉽지 않았다.

무엇보다 제일 힘들었던 건 끝없이 위를 바라보는 생활이었다. 더 좋은 아파트, 더 좋은 차, 더 많은 수입….

끝없이 욕구를 채워야 주변 사람들을 따라갈 수 있었다. 계속되는 경쟁 속에서 아이들에게 좋은 교육을 시켜야 한다는 압박, 좋은 학교를 보내야 한다는 강박관념 같은 게 생기는 것 같았다. 그러면서 집이나 직장, 아이들 교육에 대해 아내와 생각의 차이로 인한 다툼도 잦아졌다. 뭔가 돈은 버는데, 심리적 여유가 없는 삶을 사는 것 같았다.

영길 씨 가족에게 춘천은 자주 놀러 오던 곳이었다. 살 곳으로 이곳을 택하게 된 이유는 서울과 약간 거리가 있지만 서울까지 출퇴근이 가능한 곳, 아예 농촌이 아닌 도시 인프라를 누릴 수 있는 곳이기 때문이었다. 후보지 몇 곳 중에 준비된 예산에 맞는 지역을 고르다 보니 춘천 시가지를 택하게 됐다. 영길 씨 가족은 서울 강남까지 한 시간 내외로 출근할 수 있는 거리에 있으면서도 너무 낙후된 지역이 아닌 곳으로 가고 싶었다.

Q : 이사할 때 어떤 걸 기대했어요?
A : 주말에 캠핑 다니고 낚시 다니고 이런 삶이 가능하겠다고 기대했습니다.

Q : 귀농 귀촌 같은 전원생활을 원했나요?

A : 아뇨. 아직 젊어서 귀농 귀촌까지는 저희와 맞지 않는다고 생각했어요. 한 10~15년 후에는 생각하고 있습니다.

부부는 서울의 혼잡이 싫었지만 생활 기반 시설이 갖춰지지 않은 농촌도 내키지 않았다. 특히 두 아이가 아직 어리기 때문에 유치원, 학교, 병원에서 가까운 곳을 원했다. 춘천에 지은 가족의 새집에서는 걸어서 마트 2분, 초등학교 3분, 대학병원까지 차로 5분이다. 동네 소아과도 걸어서 간다.

"지내고 보니 주변 인프라도 무시 못 하겠더라고요."

그는 춘천에 집을 지을 부지를 마련하기까지 스무 번 가까이 후보지를 물색했는데 이 작업이 탈서울 과정에서 가장 어려웠다고 했다. 땅을 매매해 새로 집을 짓는 과정이 쉽지 않기에 영길 씨는 탈서울할 때 지방 도시의 구옥을 매입해 내부를 리모델링하는 것도 추천한다고 했다.

"좋은 선택이었던 것 같아요. 서울의 전세 아파트를 떠날 수 있어서요."

　무엇보다 영길 씨가 사는 곳을 옮기는 중요한 선택을
할 수 있었던 이유는 그의 가치관이 조금 바뀌어서였다.
위험이 늘 함께하는 익스트림 스포츠를 취미로 갖게 되
면서 그는 삶을 대하는 태도가 조금 달라졌다고 했다.
알 수 없는 미래를 위해 현재의 즐거움을 포기하고 계
속 위를 바라보고 사는 것이 과연 맞는 걸까 생각하게
된 것이다. 그는 스카이다이빙 강사 생활을 하며 5년
동안 900번 가까이 절벽에서 점프했다. 이 과정에서 느
낀 바가 컸다.

　"익스트림 레저는 위험을 무릅쓰고 하는 일이잖아요.
언제든 다칠 수 있는 두려움과 늘 함께하는데요. 그러면
서 지금 이 순간을 행복하게 사는 걸 제 삶의 지향점으로
삼게 됐죠."

　그는 주말이면 사람들에게 스카이다이빙을 체험시켜
주는 일을 한다. 하늘 위에서 낙하산이 펴지면 체험자들
은 소리를 지르고 너무 행복해서 울기도 한다. 뛰기 전엔
많은 생각이 들지만 막상 뛰고 나면 수많은 걱정들이 사

라지는 것이 익스트림 스포츠라고 했다.

'탈서울'을 고민 중인 분들에게 그는 하고 싶은 말이 있다. 일단 저지르고 나면 해결되는 것들이 상당히 많다는 것이다. 너무 많은 고민 중에 진짜 문제인 고민은 한두 개도 아니라면서.

"일이 됐든, 거주지가 됐든… 무서워서 못 했던 것들이 막상 겪고 나면 사소한 것들로 바뀌거든요. 이건 어떡하지? 저건 어떡하지? 했던 것들, 막상 자연스럽게 해결되거나 오히려 더 좋은 방향으로 흘러가더라고요."

어디든 사람은 결국 적응하게 마련이라는 것, 기간을 충분히 두고 여유롭게 진행하면 분명 더 나은 삶이 있다는 것, 이 책을 읽는 독자들에게 꼭 알리고 싶다고 그는 전했다.

※ 1장 '탈서울한 가족을 취재하다가' 편의 주인공이자 4장 '서울 밖에서 취미 생활이 업그레이드되다'의 주인공 김영길 님의 안타까운 부고 소식을 전합니다. 김영길 님은 책 출간 두 달 전 불의의 사고로 가족 곁을 떠나셨음을 아내분께서 알려왔습니다. 가족의 요청에 따라 저자는 고인을 애도하고 그의 자취를 기록하고자 고인의 이름을 실명으로 표기했습니다.

1. 아이가 있다면 너무 시골로 가지 말고 마트, 학교, 병원 등이 5킬로미터 내외에 있는 지역을 찾는 게 좋습니다. 지내고 보니 주변 인프라도 무시 못 하겠더라고요.

2. 땅을 매매해 새로 집을 짓는 과정이 쉽지 않기에 지방 도시의 구옥을 매입해 내부를 리모델링하는 것도 추천합니다.

3. 지방으로 이사하려 할 때 특히 문화생활이나 자녀 교육을 고민하실 텐데요. 요즘에는 지방에 산다고 해서 큰 문제가 되는 건 없다는 것이 제 생각입니다.

4. 실행하기 전 테스트를 해보세요. 저희도 단독주택에서 월세로 3개월간 살아보고 나서 춘천으로 이사하기로 결정했습니다. 자신이 원하는 탈서울의 라이프 스타일을 직간접적으로 경험해보는 것을 추천합니다. 요즘은 한 달 살기 같은 프로그램도 많이 운영되고 있으니까요.

실패할 기회도 없는
친구들이 생각난다

89년생 김이름 씨 / 2021년 7월, 서울에서 부산으로 이사 / 책방 창업

✳

이런저런 자료를 찾아보다 문득 눈길이 오래 머문 이름
이 있었다. '집 걱정 없는 세상 연대'. 이 단체의 이름을
봤을 때 나는 묘한 해방감이 느껴졌다. 무작정 전화를 걸
어야겠다고 생각했다. 어떤 곳인지 구글링을 하자 이곳
에서 일하는 분의 연락처가 나왔다. 용기 내어 전화를 걸
었다.

"혹시 주변에요."

"네네."

"지방으로 이사 간 분이 계실까요?"

"음… 지방요."

"네, 서울 살기 싫어서요."

"그런 분들 제 주변에 많아요."

지방으로 이사한 분들이 주변에 많다니. 이런 분을 만난 건 처음이었다.

"진짜요?"

"네. 부산에도 있고, 대구에도 있고, 그리고 전주에도 있고….'

"와, 정말요?"

"저도 지망생이라서요. 후훗.'

전화기 너머 들리는 나직한 목소리에는 웃음이 흘러나왔다. 듣자 하니 분명 내 또래의 여자분이었다. 그는 자신을 '탈서울 지망생'이라고 호명하고 있었다. 얼굴 한 번 본 적 없는 분과의 짧은 대화 속에서 나는 깊은 연대감을 느꼈다. 그렇다. 탈서울 지망생은 곳곳에 있었다. 드러나지 않을 뿐.

그렇게 나는 단체의 활동가분을 통해 89년생 김이름 씨와 연결이 되었다. 그는 서울 생활을 정리하고 부산으로 내려가기 직전 상황에 있었다. 아직 서울이라는 그를 시내로 불러냈다. 무작정 만나야겠다는 생각이 들었다.

이튿날 서울 광화문에서 만난 이름 씨와는 처음 만난

사이였지만 대화가 술술 이어졌다. 부산이 고향이라는 그는 나와 자란 지역도 달랐고, 성별도 달랐고, 서울에서의 경험도 달랐지만 그저 지방에서 나고 자라 혼자 서울 생활을 했다는 것만으로도 우린 제법 통하는 게 많았다. 만난 지 30분도 채 되지 않아 나와 그 사이엔 공감대가 쉽게 형성되었다.

그는 부산으로 가 책방을 창업할 생각이라고 했다. 다니던 직장은 한 달 전 일찌감치 정리해두었고, 지금은 전세방이 빠지기만을 기다리고 있었다. 부산에서 대학을 졸업한 그는 3년 전 일자리를 찾아 서울로 올라왔다. 그는 서울에서 일하며 모은 돈 2,000만 원을 들고 다시 고향에 내려갈 준비를 하고 있었다.

① 서울에선 계약직 자리라도 있었죠

서울 중구 정동길 한복판에서 그와 저녁을 먹었다. 하필이면 그날은 코로나19 확진자가 사상 최고치를 경신한 날이었다. 꽤 붐비는 식당이었지만 그날따라 자리가 많았다. 나는 그에게 왜 서울을 떠나기로 결심했는지, 앞으로 부산에 가면 뭘 할 계획인지, 이것저것을 물어보았다.

그는 이미 서울에서 부산을 오가며 창업할 터를 닦아 두었다고 했다. 도움을 줄 친구들도 부산에 여럿 있고, 어디에 가게를 낼지도 구상이 끝나 있었다. 그의 스토리에 귀 기울이며 나도 그처럼 서울을 떠나는 선택을 할 수 있을지 끊임없이 나의 내면을 들여다보았다.

"저는 서울이 참 좋았어요. 서울에서는 뭔가 하고 싶은 걸 다 할 수 있었거든요. 자기가 원하는 분야에서 하고 싶은 게 있을 때, 서울에선 못한 적이 없었어요."

의외로 그는 서울에서의 생활이 참 좋았다고 했다. 부산에서 문헌정보학을 전공한 그는 공무원 시험에 응시하는 것 외에는 부산에서 일자리를 찾을 수 없었다. 3년간 사서직 공무원 시험에 도전했지만 거듭 낙방했다. 그렇게 서른 살 때 서울에 왔다. 공무원이 아니라도, 전공과 연관된 일자리가 서울에는 있었다. 문화재단이나 구립 도서관, 민간법인의 서점 등에서 사서나 북 매니저로 일할 수 있었다. 계약직 일자리였지만 해마다 일을 구할 수 있었고 그렇게 3년 경력을 쌓았다. 그는 서울에 와서 일해본 경험이 자신에게 꽤 소중하다고 했다.

"부산에서 도서관이라고 하면 다들 책 펴고 공부하는

곳이지 연극이나 공연은 없거든요. 그런데 서울에는 동네 작은 도서관인데도 지하에 영화관이 있는 거예요. 왜 내가 자란 부산에는 이런 게 없지? 이런 생각이 들더라고요."

도서관에서 문화 행사를 기획하는 일을 했던 그는 일이 재미있었다고 했다. 서울에서 비슷한 일자리를 찾으면 또 구해지겠지만, 더 늦기 전에 이젠 자신이 운영하는 책방을 차리고 싶다고 했다. 그는 "이제 제 서점 해야죠"라고 짧게 말했다.

"서울에선 계약직 자리라도 구할 수 있으니까, 뭐라도 일을 할 수 있으니까, 계속 있었죠. 그렇게 3년이 휙 지나간 거예요. 부산에선 실패할 기회조차 없더라고요. 근데 여기서는 뭐든 하고 싶으면 다 할 수 있었어요."

그는 3년 전 일자리를 구해 서울로 올라오던 때를 회상했다. 그야말로 맨몸으로 올라왔다. 무작정 와서 캐리어를 둘 데가 없었다. 발을 동동 구르던 중 부동산에서 보여준 첫 번째 방을 계약했다. 처음 1년은 월세로 살다가 2년째부터는 지인에게 돈을 빌려 전세로 전환했다.

그렇게 보낸 3년간의 자취 생활을 생각하면 그는 대체로 즐거웠다고 했다.

"직장인 ○○도서관 바로 앞에 제 원룸이 있었거든요. 직장 100미터 반경 안에서 제가 사는 모든 걸 다 해결할 수 있는 구조였어요. 사 먹을 식당도 많아서 먹는 걸 해결하는 것도 어렵지 않았어요. 가끔 근처 체육관에서 운동도 하고… 재미있게 잘 지냈어요."

그가 경험한 서울 생활에는 재미난 것들이 많았다. 방 치우는 게 힘들었던 그는 청소도우미 앱을 쓰는 것이 소소한 즐거움이었다. 5만 원도 되지 않는 가격으로 네 시간 청소 비용을 결제하고 잠깐 밖에 나갔다 오기만 하면 그사이 청소가 싹 마무리되어 있었다. 한 번씩 외로움이 몰려올 때는 재미난 일을 꾸렸다. 카톡 오픈 채팅방에 그가 사는 곳의 1인 가구를 끌어모았다. '성북구 월곡동 1인 가구 반상회'를 만들었더니 자취하는 사람들 여러 명이 들어왔다. 같이 수박도 나눠 먹고 중고 물건도 나눠 썼다. 그는 이런 경험들이 서울이라서 할 수 있는 일들이라고 했다.

"아주 편리했어요. 솔직히 서울 좋아요. 서울이 아니

면 각종 서비스들을 이렇게 잘 누리기가 쉽지 않거든요. 이렇게 잘 되어 있지 않아서요. 서울만 좋은 게 억울한 거죠.”

그는 앱을 열면 누릴 수 있는 서비스만 해도 서울과 부산은 하늘과 땅 차이라고 했다. 그는 배달 음식을 시켜 먹는 걸 예로 들었다. 유명 프랜차이즈의 햄버거를 주문한다 해도, 부산에선 가까운 곳에 가게가 별로 없다고 했다. 가까이에 체인점이 있는지, 주문할 만한 거리인지, 따져보고 주문해야 한다고 했다.

나 역시 얼마 전 카톡으로 지인에게 선물 쿠폰을 보냈다가 취소한 일이 생각났다. 서울에서 친하게 지내다 몇 년 전 경남으로 이사한 절친 언니였다. 언니와 나는 워낙 빵을 좋아해 같이 빵지순례를 다니곤 했었다. 웬만한 프랜차이즈 쿠폰으론 언니의 눈높이를 맞출 수 없을 것 같아 나는 고급 과자점의 케이크 쿠폰을 보냈다. 하지만 며칠 뒤 언니는 “여기선 사용할 수 없다”며 취소해달라고 했다. 그 과자점은 서울 몇 곳에만 지점을 낸 브랜드였고 다른 지역엔 배달도 되지 않았다. 누릴 수 있는 IT서비스도 어느 지역에 사느냐가 중요했다.

② 2,000만 원 모아 탈서울

이름 씨는 갑자기 창업이 하고 싶어져서 내려가는 게 아니라 몇 년 전부터 계획했던 일이라고 했다. 2년 전에도 그는 독립책방을 차리고 싶어 자리를 알아봤다. 지방의 한 상가에 서점 자리가 나왔다. 눈여겨보던 그가 문의해보니 권리금이 2,000만 원이라는 답이 돌아왔다. 무일푼으로 서울에 온 그에게 2,000만 원은 큰돈이었다. 마음을 접어야만 했다. 하지만 그때 이후 그는 2,000만 원이란 새 목표가 생겼다. 창업 자금을 모아 언젠가 자신만의 책방을 내리라. 3년이 흐른 지금, 그는 이제 시작할 때라고 했다.

"지금 아니면 영영 못할 것 같아요. 부산의 가게들이 코로나로 권리금이 많이 낮아졌거든요. 지금 들어가야 하지 않을까 싶어요. 게다가 제가 올해 서른세 살이거든요. 각종 청년창업지원금들이 서른넷까지예요. 지원받을 수 있는 날이 얼마 안 남았죠."

일단 그는 부산 부산진구(서면) 전포동에 10~15평 규모의 가게들을 알아봤다. 보증금 1,000만 원에 월세 100만 원 미만의 자리를 알아보고 있었다. 단순히 책을 파는 가게가 아니라 문화공간도 조성하고 온라인 플랫폼에도 진출해 새로운 수익 구조를 만들겠다는 야심 찬 아이디어를 그는 세우고 있었다.

이름 씨는 서울에서 지금까지 했던 도서관 일과 비슷한 일자리를 구해 몇 년 더 지낼 수는 있지만 그다지 끌리지는 않는다고 했다. 무엇보다 서울에서 산다면 원룸 생활을 계속해야 했다. 게다가 가파르게 오르는 전세금을 보면 자취방은 넓혀가긴 쉽지 않았다. 서울에서의 원룸살이는 편리하지만 지속하고 싶은 생활은 아니었다.

"같이 서울 올라온 형은 IT 개발자예요. 월급이 계속 올라요. 형은 상황이 괜찮아 보였는데, 그럼에도 어느 날 이런 말을 하더라고요. '부유한 건 꿈도 꾸지 않는다, 다만 방에서 빨래건조대 놓을 공간을 고민하지 않았으면 좋겠다'라고요."

많이 버나 적게 버나 어차피 공간을 늘려갈 꿈을 못 꾸는 건 형이나 자신이나 비슷해 보였다고 했다. 나름 아껴 쓰고 있다고 생각하는데 목돈 모으기가 참 힘들었다. 그가 생각하는 서울 자취 생활의 장점은 혼자라는 것, 동시에 단점도 혼자라는 것이었다. 소모품들 하나하나 죄다 사야 하는 것은 물론이고, 갑자기 돈 나갈 일이 생길 때가 많았다. 그래도 그는 버는 것의 4분의 1을 저축했다. 3년 일하니 통장에 2,000만 원이 모였다.

그는 다시 부산에 가면 일단 부모님 댁으로 들어갈 계획이다. 다시 부모님 댁으로 돌아가는 선택에는 용기가 필요했다.

"마흔다섯까지 혼자 산다고 해도 서울에서 만난 사람들이라면 '그래, 그렇게 하든지'라고 할 테지만 부산에서는 '이제 내려오면 결혼해야지' 이런 이야기를 듣게 되겠죠."

그는 웃으며 말했지만 말에는 뼈가 있었다. 다시 부모님 댁에서 산다는 건 난관이 예상되는 일이었다. 그럼에도 이름 씨가 다시 고향으로 돌아가는 선택을 하는 이유가 궁금했다.

그는 자신이 서울에서 경험한 것들을 부산에서 할 수 있는 길을 찾고 싶다고 했다. 서울과 부산 사이에서 격차를 느끼는 순간이 많았던 그는 서울에서 만난 스타트업 창업 지망생들과 머리를 맞대며 준비를 했다. 지역에서 차린 책방이 어떻게 하면 온라인 플랫폼으로 새로운 수

익 구조를 만들 수 있는지 섬세하게 구상했다. 이름 씨는 도서관 사서로, 민간법인의 서점에서 북 매니저로 일하며 자신의 창업 아이템에 어느 정도 길이 보인다고 생각하자, 탈서울을 진행한 것이다.

"제가 서울에서 보고 듣고 배운 걸 부산에서 한번 채워보고 싶어요. 부산에서 책 내고 활동하는 작가 친구들과 같이 서점을 해보자고 해서 이렇게 움직이는 거예요."

자신의 가게를 반드시 성공시키고 싶다고 말하는 그의 마음속에는 '왜 서울에서 했던 일을 부산에 있는 친구들은 못 하는 거지?'라는 의문이 담겨 있었다.

"제가 공연을 엄청 즐기는 사람은 아니지만 이따금 보고 싶을 때가 있거든요. 서울에선 언제든 대학로에 가면 되잖아요. 부산에서는 보통 3개월을 기다려요."

그동안 내가 서울과 고향을 오가며 느꼈던 복잡한 생각들을 그의 입을 통해 그대로 들었을 때, 나는 마음이 찡했다. 나는 우리 집이 지방 소도시에 있어서 서울과 격차를 크게 느낀다고 생각했는데, 우리나라에서 두 번째로 큰 도시에서 나고 자란 네 살 어린 친구도 나와 같은 감정을 느낀다니 신기했다.

③ 사실 서울은 모든 게 레드오션

"부산은 큰 도시 아닌가요? 우리나라 제2도시…."

"부산에도 뭐가 있기는 있는데 선택지의 범위에서 차이가 있는 거죠."

"그래도 제가 부산에 몇 번 가봤는데 지하철도 잘되어 있고 살기 좋다고 느꼈어요."

"하긴, 지하철이 4호선까지 뚫린 곳은 서울 말고 부산뿐이죠. 서울 빼면 나머지 도시 중에선 제일 좋은 거 같아요."

그는 하하하 웃었다. 그러면서 서울 같은 곳이 또 하나 더 있었으면 좋겠다고 했다. 대도시 위주로 굴러가는 건 우리나라 말고 다른 선진국들도 마찬가지인 것 같은데, 우리나라는 다수의 사람들이 모여드는 거대한 도시가 수도권 한 곳뿐이라서 아쉽다고 했다. 그가 자신의 창업지로 부산을 택한 것은 우리나라에서 또 다른 중심지가 될 가능성이 조금이라도 있는 곳이 부산이기 때문이라고 했다. 이름 씨는 그나마 서울과 견줄 중심축 도시로 세종과 부산을 저울질하다, 같이 일할 친구들이 있는 부산을 택했다고 했다.

"일본엔 도쿄 말고 오사카가 있고, 이탈리아에 로마 말고 밀라노가 있잖아요. 그런데 우리나라는 서울 말고 부산이라고 할 수가 없는 것 같아요. 서울 말고 다른 선택을 할 수 있는 중심지가 있었으면 좋겠어요."

창업을 서울에서 해볼 생각은 없는지 궁금했다. 아무리 지역 불평등에 사명감을 느낀다고 말하는 이름 씨이지만 부모님 댁에 다시 들어가 사는 부담을 감당하는 게 쉽지 않을 것이다. 그가 말한 대로 서울이 모든 분야의 중심인 게 현실인데, 지방에서의 창업이 불안하지 않느냐고 물었다.

"모든 게 서울에 몰려 있지만, 그래서 그만큼 서울은 레드오션이거든요. 책을 도서관에 납품한다 해도요. 예를 들면, 서울 마포구에만 서점이 78곳 있다고 나와요. 책이 그렇게 많이 팔리는 것도 아닐 텐데 말이죠. 부산진구에는 한 일곱 개 있으려나? 모르겠네요."

우리는 식당에서 나와 서울에서의 지난날들과 아직 오지 않은 미래에 대해 생각했다. 그는 '레드오션' 서울에서 창업 아이템을 얻었고, 창업자금 2,000만 원을 모았고, 그리고 즐거웠던 기억을 얻었으니, 이제 떠나도 손

해는 아니라며 웃음 지었다.

지방행을 고민하던 나는 머릿속이 복잡해졌다. 좁다고 말하는 이 방, 적다고 생각하는 이 월급, 누군가는 애타게 잡고 싶어 하는 기회들이며 지금 내 삶에서도 무척 소중한 것들이었다. 탈서울하고 싶다며 나는 내 생계와 여러 기회를 너무 쉽게 놓으려 하는 게 아닌가 하는 생각이 몰려왔다. 더 많은 일자리 기회가 있었고, 더 자주 문화생활을 누렸으며, 2,000만 원의 소득을 벌 수 있었던 곳이 서울이라고 말한 이름 씨가 계속 눈에 밟혔다. 보름 뒤, 전세방이 빠졌는지 묻자 그는 이미 부산으로 이사했다며 안부 문자를 보내왔다.

1. 첫째로 '탈서울'의 편익을 생각해야겠죠. 서울 아닌 곳에서 누릴 것이 서울에서 누릴 것보다 얼마나 많은지 따져보세요. 그게 집이 됐든, 커리어가 됐든 말이죠. 저는 새로운 기회가 될 것이라고 생각해 부산에 내려오기로 했습니다.

2. 무엇을 포기할 수 있는지 빠르게 정리해야 할 것 같습니다. 서울에서는 당연했던 것들이 서울 아닌 곳에선 당연하지 않을 수가 있으니까요. 원할 때 먹을 수 있던 배달 음식 프랜차이즈도, 지하철역에서 조금만 걸어 나오면 있는 문화 시설도, 원했던 영역에 대한 공부의 기회도 서울 바깥에선 현저하게 선택지가 줄어드니까요.

3. 마지막으로 '왜 서울을 떠나냐'는 질문에 대한 본인만의 답이 준비되어야 할 겁니다. 탈서울을 실행했다면 이 질문은 당분간 많이 듣게 될 테니까요.

4. 이 책을 읽는 분들 중에 혹시나 지자체 공무원분들

이 있다면 드리고 싶은 말씀이 있어요. 대도시 위주로 굴러가는 건 우리나라뿐만 아니라 다른 나라들도 마찬가지인 것 같은데, 우리나라는 특히 대도시가 서울 하나뿐이라는 생각을 자주 합니다. 부산에 내려오기로 한 것은 또 다른 중심지가 될 가능성이 조금이라도 있는 곳이기 때문이었어요. 일본에는 도쿄 말고도 오사카가 있듯, 이탈리아에 로마 말고 밀라노가 있듯, 한국도 다른 선택을 할 수 있는 중심지가 있었으면 좋겠습니다.

시골에서 자영업자
워킹맘으로 산다는 것

87년생 이지원 씨 / 2019년 1월, 서울에서 강원 양양으로 이사 /
카페 창업

※

내가 지원 씨를 알게 된 건, 어느 날 대학 선배와 점심을 먹다가였다. 부산이 고향인 선배는 나중에 나이 먹으면 자신이 어릴 때 살던 곳처럼 근처에 바다가 있는 동네에서 살고 싶다는 로망을 이야기했다. 지금은 비록 서울 여의도 빌딩촌에서 하루를 보내지만 말이다. 그렇게 지방에 가서 사는 삶에 대해 이야기하다가 지원 씨 부부 이야기가 나왔다. 선배가 전하길, 2년 전 강원도 양양으로 이사해 카페를 연 부부가 있는데, 인스타그램을 보면 무척 좋아 보인다고 했다. 나는 집에 돌아가 용기를 내어 무작정 DM을 보냈다.

반갑게도 답이 왔다. 지원 씨와 짧은 전화 통화만으로도 행복감이 전해졌다.

"그냥 저희는 하고 싶으면 해야 하는 성격들이어서요. 하하, 준비해서 바로 이사 왔죠."

"진짜 용감한 결정을 하셨네요."

"어쩌다 이렇게 됐는데요. 지금은 잘하고 있어요."

나는 지원 씨에게 2년 전 내린 큰 결정과 양양에서의 삶에 대해 들려달라고 했다. 그녀는 흔쾌히 A4 용지 열세 장에 자신의 긴 스토리를 보내왔다.

① 막국수 먹으러 왔다 창업까지

"원래 다니던 직장이 있었는데요. 로스터리 카페를 하고 싶어서 남편과 같이 1년 정도 준비를 했죠. 그러다 서울 쪽은 너무 복잡하기도 하고 비용도 좀 그래서요. 넓은 곳에서 여유롭게 하고 싶어서 지방에서 자리를 찾아봤습니다."

30대 중반인 지원 씨 부부는 2019년 1월 강원 양양군으로 이사했다. 양양은 인구 3만[2]이 채 되지 않는 그야말로 군 단위 지역이다. 평범하게 직장을 다니던 지원 씨

---

2   2021년 6월, 강원 양양군 인구 2만 8,035명. 양양군청 홈페이지.

부부는 결혼과 함께 창업을 택했고 마침 양양에 자리를 잡았다. 넓은 공간을 원했던 부부는 준비한 예산으로 서울 도심에서 적당한 자리를 찾을 수 없자 지방으로 눈을 돌렸다. 마침 양양에 막국수를 먹으러 놀러 왔다가 운영하지 않는 부도난 공장 부지를 보고 이곳에 카페를 열었다.

대전이 고향인 지원 씨는 대학에 입학한 이후 줄곧 서울에서 살았다. 남편도 강원도엔 연고가 전혀 없었다. 돌연 카페를 차린다며 부부가 강원도 군 지역으로 이사하는 결정을 하자, 양가 부모님은 걱정이 이만저만 아니었다고 한다. 하지만 부부의 의지는 강했다.

부부는 둘 다 커피를 '사랑'했던 터라 커피를 아이템으로 사업을 구상했다. 둘만의 브랜드를 만들자는 큰 포부가 있었다. 세상에는 이미 너무 많은 커피 브랜드와 카페가 있지만, 자신들이 손수 만든 것은 없다고 생각했다. 건물과 땅을 알아보러 다녔다. 하지만 서울은 물론 수도권에서는 부부가 가진 예산으로 간신히 한 명 서 있을 공간조차 구하기 어려웠다. 부부의 의견이 조금 갈렸다. 지원 씨는 작은 공간을 얻어 알차게 꾸미자고 했고, 남편은 큰 공간을 구해 여유 있게 꾸미자고 했다. 남편의 생각은 수도권에선 실현할 수 없는 것이었다. 그렇게 공간을 찾아 1년 가까이 준비하던 부부는 우연히 머리를 식히러 온 양양에서 지금의 공간을 만났다.

"막국수를 먹으러 왔다가 길을 잘못 들어 발견한 곳이 지금의 카페예요. 뭔가 폐공장의 느낌이 강한 건물이었는데, 부동산을 통해 알아보니 지금 비어 있는 공간이라고 하더라고요. 남편이 갑자기 양양이라며, '느낌이 온다'고 하더라고요."

한번 일을 벌여보자는 심정으로 이사를 결심했다. 그때부터 지원 씨는 '과연 이사해도 되는 지역인가' 판단하기 위해 양양에 대해 알아보기 시작했다. 아무 연고도 없는 이 지역으로 이사하는 게 불안한 건 사실이었다. 카페를 열기에 어떤지 양양에 대해 이것저것 찾아봤다. 의외로 양양군은 인구가 계속 증가하고 있었다. 서울양양고속도로가 2017년 개통된 이후 서울에서 양양까지 가장 빠르게 오면 한 시간 30분 거리였다. 찾아오는 관광객 수도 늘고 있었다. 특히 다양한 서핑숍이 늘어선 해변이 젊은이들에겐 힙플레이스가 되어가고 있었다. 부부는 발전 가능성이 많은 지역이라고 생각했다.

창업하는 과정에서 가장 어려웠던 점은 '불확실성을 감수하는 것'이었다. 알 수 없는 미래에 대해 판단하고 결정하는 일이 쉽지만은 않았다.

"오히려 현실적인 문제는 어렵지 않았어요. 우리가 할 수 있을까? 이 결정이 최선의 결정일까? 같은 질문들을 해결하는 게 탈서울하는 과정에서 가장 어려웠던 것 같아요."

지원 씨의 말에 나는 고개가 끄덕여졌다.

하루하루 최선을 다해 고민하고 결정하며 2년이 지난 지금, 어느덧 부부는 양양에 자리를 잡았다. 부부가 차린 카페, 양양군 강현면에 위치한 '오아오'는 직원 세 명을 고용했다. 양양에 특별한 연고가 없던 20대 젊은 직원도 카페로 인해 양양에 자리를 잡았다. 부부는 탈서울 이후 일자리도 창출하고 양양에 인구 유입까지 시킨 셈이다.

Q : 서울을 벗어난 게 하는 일에 도움이 됐나요?

A : 네, 확실히요. 가끔 생각해요. 만약 서울에서 카페

를 오픈했다면 어땠을까. 만약 그랬다면 경쟁이 치열해서 마음이 더 힘들었을 것 같아요. 오히려 아무것도 없는 이 위치에서 시작한 게 신의 한 수였죠.

② 여기선 출산할 병원이 없더라고요

양양에 온 뒤 지원 씨 부부는 분주한 삶을 살고 있다. 사업을 확장해나가느라, 아기를 낳고 키우느라 하루하루가 새롭다. 지원 씨는 자신을 '자영업자 워킹맘'이라 불렀다. 양양에 온 지 1년쯤 되던 해 생긴 아기는 지난겨울 태어나 아직 돌이 채 되지 않았다.

지원 씨는 임신을 하고 병원에 가야 할 때 '여기가 시골이구나' 실감이 났다고 한다.

"양양군과 속초시에 분만 산부인과가 없어서 아기는 강릉까지 가서야 낳을 수 있었어요. 처음에 병원이 멀어 불편하다고 생각했는데 어찌어찌 다 되긴 되더라고요."

병원이 많지 않은 군 지역에서 지원 씨는 한때 막막하기도 했다. 뿐만이 아니었다. 만성 비염을 달고 사는 지원 씨에게는 사는 곳 근처에 이비인후과가 꼭 필요한데 양양엔 없어서 속초에 있는 이비인후과에 다녀야 했다.

병원도 없는 곳에서 아기를 낳았으니 얼마나 힘들었을까. 지원 씨는 임신을 하고 '나 어디로 가야 해?'라는 의문이 생기는 일이 많았다. 그럴 때마다 지역 맘카페를 검색하고, 지역에서 친해진 이웃들에게 물었다. 지원 씨가 출산할 때만 해도 양양에서 가장 가까운 도시인 속초 역시 분만할 수 있는 산부인과가 없었다. (2020년 10월에 드디어 속초의료원에 분만 산부인과가 생겼다!) 속초, 인제, 고성, 양양 지역 임산부들은 보통 강릉에 있는 산부인과를 가야 했다. 지원 씨네 집에서는 자가용으로 40~50분 걸리는 곳이었다.

"이때가 제가 시골에서 임신했구나를 깨닫는 첫 번째 순간이었던 것 같아요."

그렇다고 쉽게 낙담하지는 않았다. 서울에서도 어딘가 나가려면 40~50분이 기본이긴 하니까.

출산이 가까워오면서 조리원도 선택해야 했다. 병원에 연계된 조리원으로 바로 예약했다.

"서울에 있는 친구들은 여러 조리원을 돌아보고 선택하는 '조리원 투어'도 한다던데, 강릉만 해도 조리원이 딱 세 곳이라서 선택의 여지가 많지 않았어요."

지원 씨는 오히려 선택지가 많지 않아 좋은 점도 있다고 했다. 정보의 홍수 속에서 내가 한 행동이 맞는지, 최선인지, 매번 따져야 했던 서울에서의 삶이 '너무 무겁다'고 생각했다. 양양에서 임신과 출산을 한 것이 오히려 편한 부분도 있었단다.

"워낙 정보들이 많고 결정해야 하는 선택지가 많으니까 서울에 있을 땐 고민거리도 많았고요. 뭐든지 심플하게 생각하고 살고 싶었는데, 여기선 별 어려움 없이 선택할 수 있어서 저는 좋았어요."

지원 씨는 지난겨울 조리원을 퇴소하고 나서부터 곧바로 일에 복귀했다. 친정어머니께서 아기를 돌봐주시거나 아니면 아기를 데리고 카페에 나와 일을 하고 있다. 먼 곳에 사는 친정어머니께서 몇 주 아기를 돌봐주고 다시 본가로 가시는 일을 반복하고 있다.

"아기가 지금 8개월이라 너무 어린데 일은 해야 하고, 그런 워킹맘으로서의 어려움은 제게 도전 거리입니다. 자영업을 하니까 회사가 보장하는 출산 휴가나 육아휴직이 저한테는 적용이 안 되더라고요."

③ 시골에 살아도 아파트

서울에서 회사를 다니던 결혼 전, 그 5년의 시기를 지원 씨는 가끔 떠올리곤 한다. 취업이 어려웠던 시기에 규모가 큰 대기업에 취업했을 때 그녀는 "어깨 뽕이 하늘까지 솟았던 것 같다"며 그 시절을 떠올리며 웃었다. 서울 중심부에서 회사를 다닌다는 생각에 기분이 좋았고 도심 한복판인 여의도에 월세로 오피스텔을 얻었다. 다달이 돈을 내지 않아도 되는 전세를 원했지만 부모님께 손을 벌리고 싶진 않았다.

서울에서 직장인으로 살던 생활은 평범했다. 자주 야근하는 탓에 저녁에도 회사에서 보내는 날이 많았다. 집에서 머무는 시간은 정말 짧았다. 평일에 회사에서 열심히 일하다 주말에는 풀어지는 그런 날들이 이어졌다. 서울에서 살 때는 역시나 집 문제 때문에 마음 고생을 했다. 결혼을 할 때 신혼집을 알아보는데, 직장 근처에서 멀지 않은 곳을 둘러보다 말도 안 되는 가격에 나가 떨어져야 했다.

"신혼집 알아볼 때 '현타'가 왔어요. 당연히 결혼하면 아파트에 살아야 하는 거라고 의심 없이 자라왔는데, 저희가 가진 돈을 끌어모아 보니 다세대 주택의 투룸도 살기 어려운 지경이었죠. 그렇게 점점 서울의 가장자리까지 알아보게 됐어요. 결국 결혼하고 초반 1년 동안엔 아버님, 어머님이 사시려던 집에 일단 들어갔어요. 용산에 있는 25평 아파트였는데, 저희 이름으로 된 것은 아무것도 없었지만 선택지가 없다 싶어서 그냥 들어갔어요."

그렇게 1년을 살다가 양양으로 이사했다. 지금 생각하면, 서울에 살면서 제일 힘들었던 점은 '불안함'이 언제나 따라다녔다는 점이다. 무언가 하지 않으면 안 될 것 같은 느낌이 그땐 늘 있었다. 아침 일찍 일어나서 영어 회화 클래스를 들어야 할 것만 같고, 건강을 위해 필라테스 레슨을 받아야 할 것 같고, 주말엔 근교로 나들이 나가 즐겨야 할 것 같은 것들 말이다. 자기개발을 게을리 하면 안 될 것 같으면서도 뭔가 남들 하는 것들을 다 해야 한다는 압박이 있었다.

"이런 삶을 지속하려면 기본적으로 소득이 높아야 해요. 그러기 위해 직장 생활을 열심히 해야 하고, 이직을 해서 제 몸값을 높여야 하고… 현재 상태를 만족하기보단 늘 다음을 생각하게 했던 것 같아요. 그렇게 계속 뭔가를 하지 않으면 무리에서 도태되는 것 같은 기분, 지금 돌이켜 생각해보면 이 감정이 저를 제일 힘들게 했던 것 같아요."

지원 씨 부부는 사람들이 '시골'이라 부르는 곳에 이사 왔지만 귀농이나 귀촌을 생각한 건 아니었다. 농업이나 어업 같은 1차 사업이 아니라 새로운 '브랜드'를 만들고 싶었다. 오히려 양양이란 넓은 공간에 서울에서 살던 삶의 양식을 재현하며 살고 싶었다.

"사실 귀촌을 한다고 하면 누구나 머릿속에 정원 딸린 전원주택 같은 모습을 가장 먼저 생각하게 될 거예요. 저도 그랬으니까요. 그런데 생각해보면 한국은 아파트가 참 많은 나라잖아요. 시골도 마찬가지예요. 저와 남편은 시골에 이사 가더라도 아파트에 살겠다는 마음을 먹었어요."

부부에게는 집에 관한 한 무엇보다도 '편리함'이 중요했다. 별도로 신경 쓰지 않아도 보안이 해결되고 관리비를 내면 집과 관련한 문제들이 한 번에 해결되길 원했다. 주택에 살면 부부가 알아서 보안 문제를 해결해야 하고, 정원도 스스로 가꿔야 하는데, 그런 것까지 하고 싶진 않았다.

마침 카페 부지 주변에 입주를 시작한 새 아파트가 있었다. 25평에 방 세 개, 화장실 두 개, 정남향의 브랜드 아파트였다. 알아보니 지원 씨가 싱글 시절 혼자 살던 서울 여의도의 7평 규모 오피스텔보다 싼 가격에 월세가 형성되어 있었다. 보증금 2,000만 원에 월세 60만 원이었다.

"뒤도 안 돌아보고 바로 계약했죠."

부부는 이 집에서 살며 출산도 하고 행복한 시간을 보냈다. 2년 뒤 집주인이 재계약을 해주지 않아 고민한 시기도 있었지만, 다시 비슷한 조건의 집을 알아보고 이사할 수 있었다. 이전에 살던 아파트와 비슷한 가격대의 바다가 내다보이는 33평 아파트를 계약했다. 전망이 무척 좋고 카페 매장에서 5분 거리에 있었다. 자가는 아니지만 부부는 집에 대한 만족도가 높다고 했다.

Q : 기존의 인간관계를 벗어나 새 지역에 오는 것은 어떤가요?

A : 조금 놀란 게 있다면 이 부분이에요. 여기 오고 나

니까 오히려 친구들이 자주 찾아와요. 저희가 서울에 있을 때보다 양양에 이사 오고 나서 친구나 지인들을 더 자주, 더 깊게 만나게 되었어요. 양양 자체가 관광지인 것도 한몫하는 것 같고요. 그동안 쌓아온 인간관계를 벗어났다는 생각은 한 번도 해본 적이 없어요.

Q : 이사한 곳에서 새로운 친구들이 생겼나요?

A : 여기에 비슷한 나이대에 귀촌한 친구들이 생겼어요. 카페하는 분들도 있고, 게스트하우스 같은 숙박업 하는 친구들도 있죠. 손님으로 온 분들 중에 나이대가 비슷한 언니, 동생들과 인연이 생기기도 했고요.

④ 새벽 배송과 멀어졌다

서울에서 양양으로 이사한 것이 인생의 전환점이 되었다는 지원 씨는 이사 후 더 '자연'스럽게 살게 됐다고 했다. 가끔 시계를 볼 때면 깊이 체감한다. 삶의 패턴이 서울에서 살 때와 많이 달라졌구나 싶다. 서울에선 저녁이 되어도 바깥은 늘 밝았다. 하지만 양양에서는 다르다.

"양양은 저녁 7시 30분만 되면 마트가 문을 닫아요. 그러니 기본적으로 저녁은 어둡고 또 어두워요. 이제 해가 졌고 밤이 되었다는 것을 몸으로 알게 되죠. 제가 아무리 말똥말똥 눈을 뜨고 동네 밖으로 나가보아도 할 게 없어요."

저녁이라도 바깥 풍경은 한 가지 모습이 아니었다. 저녁 7시 다르고, 밤 11시 다르고, 새벽 2시가 달랐다. 제각각의 밤 풍경을 느끼는 것도 즐거움이다.

부부는 자연스럽게 '아날로그적인 삶'으로 돌아가게 되었다. 배달 앱으로 시킬 수 있는 음식도 많지 않다. 치킨을 먹고 싶으면 옛날처럼 전화로 치킨집에 주문하곤 한다.

"새벽 배송, 당일 배송과도 멀어졌어요. 서울에서 신혼 생활을 할 땐 거의 매일 전날 밤 10시에 주문해서 다음 날 새벽에 물건을 받아 요리를 했었는데요. 여기에서는 일주일에 한 번씩 장을 본다거나 계획을 세워 마트에 방문해요. 사는 지역에 이마트 온라인몰에서 당일 배송이 가능해졌을 때 '만세!' 했지만, 이미 삶의 패턴이 달라져 이용하지 않게 되더라고요."

Q : 양양 생활에 만족하나요?

A : 저는 물론 남편도 매우 만족하고 있어요. 남편은 자신의 선택에 '의기 양양'해요.

Q : 어떤 부분에 특히 만족하세요?

A : '탈서울' 후 저희 부부는 삶의 질이 훨씬 올라갔다고 생각해요. '저녁 있는 삶'이라는 표어가 있잖아요. 저희는 여기 와서 '저녁을 느끼는 삶'으로 변화했어요. 자연스럽게 신체 사이클이 해 뜨면 일어나고, 일 마치고 집에 가면 어두워지고, 어두워지면 자는 것으로 바뀌었어요. 신기하죠. 서울 신혼집에선 밤 11시에도 심심하면 집 앞 오락실에 농구 게임하러 나가고는 했는데 이젠 절대 있을 수 없는 일이 되었어요.

Q : 아쉬움은 없나요?

A : 문화 생활, 이거 하나가 아쉬워요. 그런데 불행 중 다행인지, 코로나 때문에 서울도 마찬가지지 않을까 싶어서 살짝만 아쉽네요.

Q : 주변 자연환경은 어떤가요?

A : 자연환경은 뭐 당연히 좋구요. 초록색을 많이 보게 되니 눈도 확실히 편해요. 서울에 있을 땐 미세먼지에 대해 예민하게 생각해본 적이 없었는데, 아기가 생

기니 예민해지더라고요. 영동 지방은 확실히 미세먼지가 적어서 만족도가 참 높아요.

Q : 만족하지 못하는 게 있다면요?

A : 아직은 없어요. 아, 물가가 살짝 비싼 것? 오히려 서울이 물가가 쌌어요. 관광지라 그런지 모든 게 엄청 비싸요. 근데 이건 저희가 감안해야 하는 것이겠지요.

양양에서 2년을 넘게 지낸 지원 씨는 이사한 후 시야가 넓어진 걸 실감하곤 한다. 무엇보다 세상을 바라보는 관점이 달라졌다고 느낀다. 다양한 삶의 방식이 있다는 걸 피부로 느끼게 되었다.

"말로만 '삶은 다양하지'가 아니라 정말 마음으로 삶의 다양성을 받아들인 것 같아요. 생각해보니 서울에서의 저는 모범생 콤플렉스가 심했고, 고정관념투성이로 살았어요. 그런데 이곳에 오니 너무도 다양한 사람, 너무도 다양한 삶들을 만나요. 초등학교부터 고등학교 졸업하고, 대학교 입학해서, 다시 졸업하고 취업한 뒤에 때가 되면 결혼하는 그런 일반적인 라이프 패턴 말고요. 다른 삶들이 있다는 것을 몸소 체험하고 있어요."

자신의 시야가 확대되고 경험이 다양해진 점을 그녀
는 특히 만족해하고 있었다.

※ Tip ※ 서울에서 지방으로 이사하려는 분들께

1. 지역에 대한 정보를 수집하는 게 제일 중요하지 않을까요. 알게 모르게 정부 지원 사업이나 정책들도 많은 것 같아요. 관련 지자체 홈페이지 등에 자세히 나와 있더라고요. 저희도 서울에서 이사 온 신혼부부 주거비용 지원 사업에 신청해 3년간 주거비를 지원받고 있어요!

2. 탈서울이 모든 문제의 해결점이 되진 않는다고 생각해요. 저희는 요양 온 것도, 놀러 온 것도 아니고 '살려고' 온 거잖아요. 그래서 결국 '일'이 없다면 어려운 문제일 겁니다. 확실히 서울보다는 일거리가 적은 편이니까요.

3. 그래서 전원생활이나 세컨드하우스 생활이 아니라면 '어떻게 살 것인가'에 대한 치열한 고민이 선행되어야 합니다. 개념적인 것부터 실체적인 것까지 '어떻게'에 대한 고민을 많이 해보세요. 그래야 연착륙할 수 있습니다.

안전하지 않으면 살 수 없다는 진실

86년생 권보라 씨 / 2014년, 서울에서 창원으로 이사 /
병원 근무, 현 주부

※

서울을 떠난 지 7년이 지나면 탈서울의 경험은 기억 속에 어떻게 남을까. 지방으로 이사한 지 얼마 되지 않은 이들은 허니문 기간이라 모든 게 즐거울 수 있다. 하지만 7년이 지나면 많은 해석을 낳는다. 잘한 선택이었는지 아니었는지, 시간이 지나면서 기억의 색깔은 달라진다.

여기, 대학과 직장까지 꼬박 10년을 서울에서 살다 고향으로 돌아가버린 30대 여성이 있다. 고등학교 때까지 경남 창원에 살던 30대 중반 보라 씨에게 10년을 꽉 채운 서울살이는 어떻게 기억되고 있을까. 그녀는 왜 서울에 더 머물지 않고 서른 살이 되기 직전인 2014년 고향으로 돌아간 걸까. 그리고 그 경험을 지금 어떻게 기억하고 있을까.

"서울에서 일할 때 한강 뷰의 자리에서 일하면서도 좋은 줄 몰랐는데, 지나고 보니 그때 좋은 곳에서 일했더라고요. 서울을 벗어나 보니 거기도 다 사람 사는 곳이었는데 그땐 뭐가 그리 답답했는지 싶기도 합니다."

그녀의 기억 속에서 서울 생활은 좋은 인상으로 남아 있다. 지나고 나니 아쉬움도 남는다.

하지만 그녀가 20대 후반 겪은 경험은 결코 미화될 수 없는 악몽 같은 것이었다. 탈서울한 다른 이들과 비슷하게 그녀 역시 집 문제로 어려움을 겪었지만 보라 씨의 경험은 조금 각별했다. 혼자 사는 여자들이 종종 겪는 안전 문제가 얽혀 있었기 때문이다. 살던 집 주변에서 있었던 이웃의 실종, 밤에 들려오던 "살려주세요" 소리. 이로 인해 점차 불안과 공포를 겪으면서 보라 씨는 10년의 서울 생활을 접기로 결심했다. 그녀가 이메일로 전해온 탈서울 경험담은 아무리 즐길 거리가 많은 멋진 도시라도 안전이 보장되지 않는다면 버팀의 연속일 뿐 결코 오래 살 터전이 될 수 없음을 보여준다.

① 옆집에서 들리는 비명

보라 씨의 서울 생활은 대학을 진학하면서 시작됐다. 대학 때까지는 평범한 대학생들처럼 기숙사에 살면서 그렇게 수업을 듣고 친구들과 어울리며 지냈다. 그녀의 고단함은 취업을 하면서 시작됐다. 회사에 취직했는데, 입사했을 때 수입은 거의 최저임금 수준이었다. 기숙사에서 나와 새로 방을 구해야 했는데 부모님의 도움을 받기 싫어 초반 3개월 정도는 고시원에서 살았다. 그러다 부모님이 와보고는 '돈 줄 테니 당장 제대로 된 방을 알아보라'고 했다.

지하철 마포역 근처에 있는 직장이었다. 직장 근처 방들의 시세가 낮지 않았다. 최대한 월세가 저렴한 방을 구해 이사했다. 그렇게 급하게 구한 방에서 3년 정도 살았다.

방은 비좁았지만 평범한 직장인들처럼 일을 하고, 퇴근 후에는 쉬거나 친구들을 만났다. 수입도 몇 년 지나니 조금 올라 실수령액 250만 원 정도를 벌었다. 대학에서 만난 친구들, 회사 사람들, 그렇게 사람들과 교류하며 주말에는 교외로 놀러 다니기도 하고 즐겁게 직장 생활을 했다. 그렇게 다른 사회 초년생들과 특별히 다르지 않은 일상을 보냈다.

그러다 취업한 지 3년 정도 지났을 때, 보라 씨는 살던 집에서 어려움을 겪기 시작했다.

"어느 날 옆집 현관문에 고지서 같은 게 잔뜩 붙어 있었어요. 건물 관리인 말로는 그 방에 사는 여자가 실종되었다고 했습니다. 그 당시 서울에서 안 좋은 사건들도 많이 일어나고 있어서 으슥한 골목길 가는 것도 무서웠는데, 그런 일이 바로 옆에서 일어나니 더 무섭더라고요. '실종'이라는 말만 들었지 정확히 무슨 일인지 알기도 어려웠죠."

한번은 밤 늦은 시각에 이웃에서 "사람 살려! 살려주세요!" 하는 여자의 비명 소리가 들렸다.

"저는 무서워서 방 밖에 나가보지도 못했습니다. 그때 방에서 생각하길 '내가 저 상황에 처해도 아무도 도와줄 사람이 없을 수 있겠구나' 싶었죠. 그래서 더 무서웠습니다."

비슷한 일이 자주 있었다. 골목에 하이힐 같은 구두 신은 사람이 누군가에게 쫓기듯 뛰어서 건물로 들어오는 소리가 들리고, 건물에 들어온 뒤 여자 비명 소리가 나는 그런 날이 계속되었다. 보라 씨는 불안해서 잠을 못 이루는 날이 많아졌다. 나중에는 거의 이틀에 한 번씩 잠을 자거나 잠이 들어도 5~10분마다 깨기도 했다.

한번은 잠도 못 자고 불안에 떨다 엄마에게 전화를 걸었다. "당장 다 그만두고 내려갈래"라고 했지만 부모님은 딸이 그저 투정 부린다고 생각했다.

"그땐 집에 가는 게 무서워서 '회사에서 계속 있고 싶다', '집에 가기 싫다', 이런 생각을 했어요. 일단 저녁이 되고 주위가 어두워지기 시작하면 공포감이 들었고 몇 달을 그렇게 살았죠. 정신과에 갔더니 공황장애와 불안장애, 우울감 등이 있다는 얘기를 듣게 되었습니다."

다행히 병원을 다니며 보라 씨는 많이 회복되었다. 마음이 안정되고 다시 일상의 여유를 찾았을 때 새로 집을 알아보았다. 그땐 일부러 대학 근처를 찾았다. 대학 근처가 그나마 자취하기에 나은 환경일 거란 생각에서였다. 원래 살던 방에서 버스 몇 정거장 거리에 있는 마포구 서강대 근처를 알아보았다. 운이 좋게도 지금 사는 원룸보다 넓은 1.5룸을 구할 수 있었다. 집도 훨씬 넓고 안전하고 조용해서 보라 씨는 이사하고 나서 안정감을 느꼈다. '진작 이런 데에서 살았어야 했구나' 하는 생각이 들었다.

"방은 원룸에서 1.5룸이 되었지만 실제 크기는 거의 2배 차이가 나서 두 번째 집은 아주 만족하며 살았습니다. 그때 정신과에 몇 달 다니고 마음이 많이 안정되고 괜찮아진 후, 직장 생활도 친구들과의 만남도 전혀 문제없이 원래대로 돌아와 잘 살았죠."

서울을 떠나 부모님 댁이 있는 고향 창원으로 가야겠다 생각한 건 꼭 안전 문제 때문만은 아니었다. 꼭 고향에 내려가 살고 싶다는 마음보다는 서울에 있어야 할 이유를 찾기 어려웠기 때문이었다. 무얼 위해서 내가 여기에서 살고 있지, 라는 생각이 들기 시작했다. 이런 마음이 든 때는 보라 씨가 딱 스물아홉 살 여름쯤이었다.

"이사를 해야겠다 생각한 건 조금 더 지난 후의 일입니다. 그런 일을 겪고 2년쯤 지나서 다시 잘 지내게 되었죠. 하지만 그때부터는 '왜 내가 굳이 서울에 있어야 하지?', '100만 원만 벌더라도 그냥 가족이 있는 집에서 살고 싶다'는 생각이 들었습니다."

직장 생활도 5년 정도 하다 보니 재미있는 부분도 있었지만 답답한 부분도 있었다. 복합적인 생각이 들었다. 서른이 되기 직전, 올해 말 서울 생활을 정리하고 집으로 내려가자는 결심이 섰다.

Q : 서울에서 살 때 어땠나요?

A : 문화적으로 서울에는 없는 게 없었고, 가끔 경기도 근교에 놀러 다니기도 좋았습니다. 직장이 지하철 5호선 마포역 근처에 있는 건물이었는데, 일을 하다가 오른쪽으로 고개를 돌리면 한강이 보이는 자리에 제 책상이 있었습니다. 그때는 그게 좋은지도 몰랐는데 퇴사하고 몇 년이 지나 보니 '아 좋은 자리, 좋은 곳에서 근무했구나' 싶더라고요. 물론 많이 미화돼서 그럴 수도 있지만요.

Q : 스물아홉, 서울을 떠나기로 마음먹었을 즈음 어떤 마음이었나요.

A : 왜 여기에서 아등바등 살아야 되나 이런 생각이 들

기 시작했어요. 본가가 서울인 사람들은 집에서 편하게 출퇴근하는데, 난 월세 내고, 관리비 내느라 허덕이고, 뭐 때문에 여기에서 살고 있는 거지, 하는 생각이 어느 순간 들었어요. 오랜만에 창원 집에 내려가면 그제야 숨통이 트이더라고요.

Q : 서울에서 살면서 제일 힘들었던 점이 무엇이었나요?

A : 아무래도 안전 문제가 트라우마가 된 것 같아요. 그때 당장 이사 나왔더라면 또 잘 살았을 수도 있는데요. 다른 모르는 건물에 이사를 가게 되면 또 그런 비슷한 일을 겪게 되는 건 아닌지 하는 생각 때문에 꾸역꾸역 그 집에서 참으면서 버티고, 결국 병원까지 다니게 되었습니다.

팍팍한 서울 생활에 안전 문제까지 겹치면서 보라 씨는 결국 5년간 다니던 직장을 그만두고 다시 고향에 내려갔다. 나는 보라 씨가 겪어야 했던 일련의 경험들을 듣다가, 나 역시 비슷한 경험이 있음을 쉽게 떠올릴 수 있었다. 기록하자면 어디 한두 가지겠느냐마는, 불과 1

년 전만 해도 안전 문제로 속앓이를 했던 경험이 여러 번 있었다.

작년에 내가 살던 방 옆 건물에는 어떤 남자가 살았는데, 그는 건물 입구로 나와 자주 담배를 피웠다. 때로는 내가 사는 건물 앞까지 와서 담배를 피웠는데, 마침 퇴근해 건물로 들어가는 나와 시선이 마주칠 때가 많았다. 보통 그런 상황이라면 시선을 피하게 마련인데, 그는 나를 뚫어지게 응시했다. 내가 건물 안으로 들어서 2층에 있는 내 방문을 열고 들어가는 모습까지 밖에서 응시하는 것이 몹시나 불쾌했고, 이 불쾌함은 공포로 이어졌다. 옆집 남자가 내가 오가는 모습을 응시하며 방 호수까지 알게 되는 게 여간 거슬리는 게 아니었다. 한번은 퇴근길에 어김없이 내가 사는 건물 앞에서 담배를 피우는 옆집 남자를 보고 나는 방에 들어가지 못하고 동네를 빙빙 돌다 결국 사우나에 가서 잔 적도 있다. 이런 일들 때문인지 보라 씨의 경험이 결코 남의 이야기로 느껴지지 않았다.

② 내려가면 일할 곳이 있을까?

보라 씨는 창원에 가면 직장을 다시 구할 기회도, 즐길 수 있는 문화생활도 서울에 비해 훨씬 적다는 걸 알고 있었지만 가족이 있고 '집'이라는 곳이 있어서 이사를 선택했다. 때마침 만나던 남자친구(현 배우자)가 창원으로 취직하게 된 것도 중요한 계기가 됐다.

Q : 이사를 결정하는 과정에서 가장 어려웠던 점은요?
A : 특별히 어려운 점은 없었는데 이제 내려가면 어떤 일을 구해야 하나, 어떤 일자리가 있을까, 하는 게 제일 큰 고민이었다면 고민이었습니다.

처음에 부모님은 보라 씨를 뜯어말렸다. 몇 년 전 자취하며 겪은 무서운 일들에 대해 부모님께 일일이 이야기하지는 않았던 터였다. 큰맘 먹고 이사 얘기를 꺼내자, 부모님은 "남들은 다 잘 사는데 왜 내려오려고 하냐", "창원에는 일자리가 없다", "다른 사람들은 서울 가고 싶어도 못 간다"고 했다. 하지만 보라 씨가 이미 마음먹은 것을 알게 된 후 부모님도 더 이상 말리지 않았다. 그렇게 10년의 서울 생활을 마치고 보라 씨는 경남 창원의 부모님 댁으로 귀향했다.

　서울에서 창원으로 내려온 후의 생활을 떠올리면 보라 씨는 대체로 만족한다고 했다. 그녀는 창원의 한 대형병원에서 총무와 인사를 담당하는 행정직원으로 다시 취업했다. 창원에 간 지 1년 반 정도 지나 결혼을 했다. 새 직장에서 4년 정도 일한 뒤 현재는 남편의 직장 이동으로 대구로 이사 왔고 현재는 주부로 지내고 있다.

Q : 당시 창원으로 이사한 후 달라진 점이 있다면요?

A : 창원으로 갔을 때 문화생활이나 즐길 거리는 적은 편이었는데 회사 집, 회사 집 반복하느라 부족한 줄 모르고 살았고, 삶의 질 측면에서는 만족했습니다. 어딜 가도 복잡하지 않고 고향이 주는 편안함, 위험하지 않은 느낌에서 오는 마음의 안정이 좋았습니다.

Q : 창원에서 새로 구한 일은 어땠나요?

A : 서울에서는 출판사에서 일했습니다. 창원에서는 비슷한 일이 없다 보니 행정직군을 찾다가 큰 병원의 행정직으로 입사했습니다. 원래 맡은 업무 외에 출판사에

서의 경력을 살려 할 수 있는 일이 있어 신기하기도 했습니다. 보도자료를 쓰거나 신문에 기획기사, 칼럼을 싣기 전에 한 번씩 더 검토하는 일도 했고요.

Q : 서울에서 지방으로 올 때 아쉬움은 없었나요?

A : 처음에는 인간관계에 대한 아쉬움이 있었습니다. 친했던 직장 동료나 학교 사람들이 아무래도 교류가 뜸해지면서 천천히 멀어지는 것 같았고 이 부분이 서울을 떠날 때 제일 아쉬운 점이었습니다.

보라 씨는 지금 생각해보면 이어질 사람은 어떻게든 이어진다는 말이 맞는 것 같다고 했다. 친한 친구들이야 어차피 지금도 자주 연락하며 지내고 있고, 가끔 보라 씨가 서울에 가거나 친구들이 창원에 내려와 서로 만나고 있으니까. 서울에서 자주 만나던 친구들 중 일부는 보라 씨처럼 탈서울해 고향으로 내려간 친구들도 있다. 그 친구들과 얘기하다 보면 항상 '서울 지금 다시 가면 더 잘 놀 수 있다!'로 마무리되곤 한다.

보라 씨는 창원으로 이사한 후 운전을 배웠다.

"서울에선 운전하고 싶다는 생각을 한 번도 안 해봤는

데, 창원에 온 후에 운전이 어려워 보이지 않더라고요.”

지방으로 와 가장 좋았던 점으로 보라 씨는 운전을 꼽았다. 도로 사정이 서울과는 달랐기 때문일까. 그녀는 차가 있으면 좋겠다는 생각을 하게 됐고 운전이 이 지역 생활에서 새로운 낙이 되었다. 지방에 살아보니 택시비가 적게 나와 택시를 자주 타게 된 것도 일상에서 달라진 소소한 점 중에 하나라고 했다.

③ ‘어딜 가도 잘살 수 있다’는 마음가짐

보라 씨는 지방에 오면 일자리의 기회나 문화적 혜택이 적을 수밖에 없으니, ‘탈서울’을 꿈꾼다면 이 부분에 대한 진지한 고민이 필요하다고 했다.

“서울이 아닌 지방에서는 아무래도 문화적 혜택이나 기회가 적다는 게 제일 큰 단점입니다. 서울에선 공연이나 시사회 등도 자주 보러 갔는데 그런 게 없는 점이 아쉽기도 합니다.”

직업적으로도 서울에는 다양한 직업군이 있지만 지방에서는 한계가 있다.

“살다 보니 왜 그렇게 서울을 벗어나고 싶어 난리였을

까 싶은 생각이 드는 날도 있어요. 계속 살았다면 내 인생은 어떻게 달라졌을까 생각하기도 합니다. 당시엔 뭐가 그리 답답했지 싶기도 해요."

안전 문제가 주요한 계기가 되어 서울을 떠나긴 했지만, 서울에서 누릴 수 있었던 일자리 기회와 다양한 문화 경험에 대한 아쉬움은 남는다고 했다. 그렇다고 사는 곳을 옮기는 걸 너무 무겁게 생각할 필요도 없다고 덧붙였다. 미래는 알 수 없으니 언제 다시 서울에 갈 수 있다는 자신감과 가벼운 마음이 중요하다면서.

"충동적으로 결정할 건 아니지만 그렇다고 너무 깊이 생각하지도 않았으면 합니다. 저 역시도 창원에서 살아보고 안 되면 다시 서울 가면 되지 뭐, 이런 생각으로 내려갔으니까요."

서울을 떠난 이후 창원, 대구 이렇게 거듭 이사를 한 보라 씨는 꼭 한 곳에 반드시 정착해야 할 필요도 없는 것 같다고 했다. 30대 중반이 되니 '어딜 가도 잘 살 수 있겠구나' 하는 생각이 든다면서.

"꼭 계획을 1부터 100까지 세우지 않더라도 큰 틀을 갖고 떠나보면 또 그 안에서의 재미, 생각지 못했던 일들이 생길 겁니다. 살아온 환경을 모두 접고 새로운 곳으로 간다는 게 물론 쉬운 일은 아니지만 어려운 일도 아니라는 점을 말씀드리고 싶습니다."

떠나기 전 세 가지를 생각해보라고 말하고 싶네요.

1. 어떤 일을 하고 싶은지? 돈벌이 할 수 있는 기술이 있다면 제일 좋지만 그렇지 않은 경우 구체적으로 어떤 일을 하고, 어떻게 돈을 벌어 살고 싶은지 생각해볼 것.
2. 각종 문화생활을 누릴 수 없더라도 괜찮은지 생각해볼 것.
3. 직업의 기회가 더 적을 수 있다는 것을 감안할 것.

다양한 직업군, 다양한 세상이 있는 서울과 달리 로컬은 우물 안 개구리로 느껴질 만큼 볼 수 있는 것이 적습니다. 그만큼 느끼는 것도 적고, 아무래도 기회가 적습니다. 이것을 염두에 두면 좋을 것 같습니다.

길에서 버리던 시간을
가족과 산책하는 시간으로

83년생 이선재 씨 / 2019년 5월, 서울에서 제주로 이사 /
프리랜서 정책연구자

⁂

30대 후반인 선재 씨가 아내와 두 아이를 데리고 제주로 이사한 지 올해로 3년째다. 그는 내가 다닌 회사에서 기자로 일했고 지금은 제주에서 연구 프로젝트와 집필 활동을 하는 프리랜서 정책연구자로 일하고 있다. 지난 2년간 제주와 서울을 오간 그의 생활이 궁금했다.

"종종 서울에 오면 깜짝 놀라요. 지하철이나 건물 안이나 사람들이 너무 밀집해 있어서…."

탈서울 지망생인 나는 먼저 비슷한 길을 간 선배에게 물어보고 싶은 게 참 많았다. 작년 5월, 서울에 온 그에게 '탈서울 경험담'을 들려달라 부탁했다. 탈서울한 계기를 알고 싶다는 후배의 읍소에 선배는 자신이 서울을 떠난 이유는 너무 뻔하다며 특별한 게 없다고 했다.

"만약 내가 강남에 집이 있고 그랬으면 안 내려갔겠죠.(웃음)"

그 역시 주거 문제가 서울을 떠난 이유 1순위였다. 그리고 이어서 들려준 이야기는 서울 도심에서 어린아이를 기르는 부모라면 누구나 공감할 이야기들이었다.

"제주로 이사하기 전 종로구에 살았는데요. 애 데리고 갈 데가 한 곳도 없었어요. 집에서 문을 열고 나갔을 때, 갈 곳이 없었던 거죠. 놀이터도 없고, 있어도 너무 멀고, 단지 식당에만 가려고 해도 아이를 데리고 가면 반기질 않아요."

"왜요? 노키즈존이라서요?"

내가 물었다. 아이를 반기지 않는 식당이 따로 있는 것 같아서다.

"노키즈존이 아니라도 직장인들 퇴근 시간대에는 식당에 가기가 어려웠어요. 주인이 싫어하는 게 느껴져요. 애 데리고 두세 번만 가보면 눈치로 알죠."

나는 몇 년 전 서울 종로구 광화문의 한 패밀리 레스토랑에서 선배네 식구가 식사하는 걸 본 적이 있다. 선배는 그나마 그 식당이 애 둘을 데리고 맘 편히 갈 수 있는 몇 안 되는 식당이었다고 했다. 하지만 한 식당에 매일 갈 수는 없는 일. '문을 열고 나갔을 때 아이와 갈 곳이 없었다'는 그의 말에서 두 자녀를 기르는 젊은 부부의 고충을 짐작할 수 있었다.

① 보육에 친화적이지 않았던 서울 도심

한 달쯤 지났을까. 선배는 2년 전 이사 과정과 제주에서 지내는 일상 이야기들을 적어 보내주었다. 그는 자신을 서울에서 나고 자란 '서울 촌뜨기'라고 표현했는데, 어릴 때 아버지의 지방 발령으로 경남에서 5년 정도 살았던 것을 제외하면 2019년 제주에 내려가기 전까지 줄곧 서울에서 살았기 때문이었다.

선배가 이사를 고민한 것은 아이 둘을 기르며 느끼는 어려움이 현실적으로 다가와서였다. 주로 종로구에 살았는데, 10년 가까이 기자로 일했던 선배가 취재처에 갈 땐 편리한 위치였지만, 육아하기에 좋은 환경은 아니었다. 무엇보다 쾌적하고 안정된 주거환경을 가지기가 어려웠다. 한동안 월급의 3분의 1 이상을 주거비로 써야 할 때도 있었다. 그렇게 많은 비용을 들여도 가족이 구할 수 있는 집은 아이 둘을 맘 편히 기르기에 성에 차지 않았다. 집 내부가 깔끔하면서 집 앞에 번듯한 놀이터와 공원이 있는 집을 찾기란 어려웠다.

여러 사정상 아이들을 보육 기관이 아닌 선배의 아내가 주로 돌봤는데, 하루 종일 영유아 둘을 데리고 나갈 곳이 없었다. 일단 근처에 놀이터가 별로 없었다. 마을버스를 타고 종로구 삼청공원에 가서 주로 놀았는데, 어린아이 둘을 데리고 버스를 타는 것 자체가 쉽지 않은 일이었다. 근처에 정독도서관이 있지만, 잔디밭인데도 들어가지 못하게 해놓았다. 아이들이 뛰어놀 곳을 찾기 힘들었다.

"간혹 제가 휴가 내고 평일 낮에 아이 둘을 데리고 나가보면 정말 갈 데가 없더라고요."

때마침 미세먼지 문제도 심각했다. 선배는 이사를 마음먹을 즈음 서울 생활이 마치 '지옥'과도 같이 느껴졌다고 했다. 부부가 이사를 결정한 것은 넓은 공터, 맑은 공기, 아이들을 데리고 나갈 자연환경을 원했기 때문이었다. 기왕 서울을 떠날 거라면 완전히 다른 환경으로 가고 싶었다.

② 제주 집값이 아무리 올랐던들

제주로 이사한 후 선배네 부부는 제주 함덕(제주시 조천읍 함덕리)에 집을 구했다. 근처에 해변이 있는 게 좋아서였다. 보증금 500만 원, 연세 800만 원(1년치 월세)의 5층짜리 아파트였는데, 선배네 부부가 얻은 집은 30평 정도 되었다. 서울에서 살았던 집들보다 집 상태가 월등히 좋았다.

"제주 집값이 아무리 올랐다 해도, 서울과는 비교할 바가 못 되죠. 서울에서 이 정도 아파트에 살려고 하면⋯."

이 집에서 1년을 산 뒤 첫째의 초등학교 입학으로 인해 가족은 서귀포의 아파트로 이사를 했다. 보증금 1,000만 원에 연세 900만 원의 임대료였다. 30평 규모에 비교적 신축이었다.

제주로 이사해 동네를 알아볼 땐 주변에 생활 편의 시설이 있는지가 중요했다. 선배네도 아이들을 키우다 보니 도서관이나 유치원, 시장이나 마트가 가까운지, 식구들이 편하게 들를 수 있는 카페가 있는지 먼저 살폈다.

새로 이사한 집은 근처에 시장이 있다는 게 큰 도움이 된다. 네 식구는 제주에서 5일장을 주로 이용한다. 그러다 보니 서울에서 살 때보다 생활비도 크게 줄었다. 서울에선 외식 한 번을 해도 네 식구가 먹으면 기본 수만 원이 깨질 수밖에 없었다. 하지만 지금은 부부가 5일장에서 식재료를 사 집에서 직접 해 먹기 때문에 돈을 쓸 일이 확실히 줄어들었다.

③ 직업에서 기회의 폭이 적어진 건 아쉬움으로

선배는 제주로의 이사를 결정할 때 당분간 매주 서울을 오갈 생각이었다. 당시 다니던 연구소가 주중 이틀만 서울 사무실에서 근무하고, 그 외에는 다른 곳에서 근무해도 되는 환경이었다. 그래서 그는 제주로 이사한 후 한동안 서울에서 2~3일, 제주에서 4~5일 머무는 방식으로 서울과 제주를 오갔다. 생각보다 체력적으로 무척 고됐고 지속하기 힘들었다.

매주 서울과 제주를 오갔던 고된 일상을 포함해서 선배는 제주로 이사하며 현재 직업에 도움이 될 건 딱히 없다고 했다. 글은 어디서든 쓸 수 있지만 그 밖의 강연 기회, 연구 프로젝트 기회 등을 만나기에 제주에 사는 건 좋은 환경이라고 하기 어렵다.

"사실 정책연구자로 일하며 제주에서만 활동한다는 것은 제약이 있죠. 글만 써서 먹고살기는 어렵고 강연이나 이런저런 프로젝트 기회가 있으면 적극 참여해야 하는데 그러려면 결국 서울에 가야 하는 상황이 생깁니다. 서울에 한 번 다녀오면 시간도 많이 허비되지만, 몸의 피로도 상당하죠. 그나마 코로나 상황이라 줌으로 많은 회의가 이뤄져서 다행이긴 한데요."

선배가 이사를 결정하는 과정에서 가장 어려웠던 점은 역시 '일'이었다. 제주에서 소득을 유지할 수 있는 경제활동을 지속적으로 할 수 있는가에 대해 고민이 있었다. 이사한 이후 아쉬움을 꼽는다면 그는 아무래도 '기회'가 적어진 것이라고 했다.

"이런저런 기회의 크기가 줄어든 부분은 이사 후 만족하지 못하는 점 중 하나예요."

안정적인 일자리를 유지하거나 소득 활동을 할 수 있는 폭이 제주로 오면서 많이 줄었다고 느낀다. 그럼에도 그는 "제주로 이사한 것에 대해 전반적으로는 만족합니다, 무엇보다 주거 여건과 자연환경에서 얻는 만족이 크니까요"라고 했다. 그가 특히 제주에 온 뒤 만족하는 것 중 하나는 길에서 버리는 시간이 적다는 점이다. 대부분의 생활권이 10~20분 거리 내에 있다고 했다.

"수도권 생활자 누구나 그렇듯 하루에 이동 시간만으로 최소 두 시간 정도는 늘 길에다 버려야 하는 게 일상이었죠. 서울에선 출퇴근을 비롯해 어느 곳을 다녀도 길에서 허비하는 시간이 큰데, 제주에선 그렇지 않다는 점이 만족스럽습니다."

가족들도 서울을 떠나 제주로 이사한 걸 매우 기쁘게 생각하고 있다. 그의 가족은 제주에 내려온 뒤 식구가 더 늘었다. 고양이 두 마리와 강아지 한 마리를 키우기 시작한 것이다. 동물보호센터에서 유기묘 한 마리를 데려왔고, 다른 고양이와 강아지는 제주인들의 온라인 카페를 통해 입양했다. 반려동물 세 마리와 함께하는 네 식구의 삶, 그는 당분간 이곳에서 프리랜서 연구자로 계속 일할 생각이다.

※ Tip ※ 서울에서 지방으로 이사하려는 분들께

1. 저는 대책 없이 이사했지만 조언을 드린다면 아무래도 생업에 대한 준비가 가장 유념할 사항이 아닐까 싶어요.

2. 육지에서 제주로 이사할 때는 이사비가 많이 들어갑니다. 저의 경우 200만 원 정도가 들었습니다.

3. 제주에서 기후가 좋은 편에 속하는 동네를 찾길 추천합니다. 제주의 바다를 누릴 것인지, 혹은 산을 즐길 것인지도 선택 요소입니다.

4. 살고 싶은 곳에 가서 1주든, 2주든, 한 달이든 머물러볼 필요가 있습니다. 잠시 머무는 것과 1주 이상 살아보는 것은 큰 차이가 있습니다. 제주 함덕에 살 땐, 10월부터 이듬해 3월 정도까진 날씨가 정말 흐리고 바람이 무척 세게 불었습니다. 그 바람이 때론 그립기도 하지만, 육아를 하는 입장에서 보면 그리 좋은 환경은 아니죠. 일기예보를 볼 때도 바람세기를 보게 됩니다. 머물러보기 전엔 알기 어려운 부분이었어요.

지금껏 한국 아닌 서울에서
연극했더라

91년생 성푸른 씨 / 2021년 5월, 서울에서 전주로 이사 / 연극인

※

푸른 씨를 만나러 전주에 가는 KTX 열차 안은 연휴를 맞아 붐비는 인파로 전 좌석이 매진이었다. 서울 용산역에서 전주역까지 예상 도착 시간은 한 시간 30분. 도착하면 푸른 씨와 뭘 먹을까, 전주의 맛집을 검색하다가 잠깐 눈을 붙였을 뿐인데 열차는 어느새 전주역 정차를 알렸다.

몇 달 전 전주로 이사한 뒤 중고차를 한 대 장만했다는 푸른 씨는 회색 카렌스를 몰고 역까지 마중을 나왔다. 우린 초면이었고 조수석에 나란히 앉았지만 의외로 그렇게 어색하지는 않았다. 내가 열차 안에서 검색한 전주 신시가지의 한 브런치 맛집을 이야기하자, 푸른 씨는 "거기 어딘지 알아요"라며 반가워했다. 얼마 전 이사한 집에서 차로 5분 거리라고 했다. 전주에서 산 지 3개월도 안

된 주민이 그 가게를 알 정도면 전주에서 꽤 유명한 곳인 것 같았다.

"서울에서 살던 곳보다 여기가 더 번화한 것 같아요. 서울에서 제가 살던 곳은 조용한 주택가였는데 지금 여기는 새 빌딩들에 가게도 많고 밤늦도록 시끌벅적하거든요."

전주에서 신시가지로 불리는 완산구 효자동은 지은 지 얼마 안 된 건물이 많았고 이제 막 문을 연 괜찮은 식당과 카페들이 몰려 있었다.

① 수도권 인간 그 자체였구나

공연예술이나 축제를 만드는 일을 업으로 하는 91년생 푸른 씨는 서울에서 청년 예술가들과 함께 다원예술 장르의 신개념 공연을 주로 해왔다. 동료 연극인들과 '콜렉티브 뒹굴'이란 단체에서 활동하며 기존의 질서에 도전하는 예술을 선보였다. 서울 은평구에 있는 청년청을 무대로 실험적인 시도를 많이 해볼 수 있었다. 그러다 갑자기 지난해 코로나를 만났다. 정부는 유행병을 예방한다는 이유로 지원을 중단해버렸다.

"연극을 만들 때 수직적인 제작 문화에 환멸을 느꼈어요. 2012년부터 뭔가 다른 연극을 하고자 또래들과 팀을 꾸렸고, 청년창작자 그룹도 여럿 생겨서 그분들과 함께 '화학작용'이란 축제도 진행하며 활발히 활동했죠. 저희 작업이 주목을 받아서 공적 지원도 많이 받았고요. 예술가로서 뭔가 이런 식으로 공공의 지원을 받으면서 시장에서 가치를 입증하지 않아도 예술 활동을 할 수 있겠다고 생각했는데요. 코로나가 터지면서 그마저 쉽지 않아졌죠."

푸른 씨는 그동안 예술인들의 파트너라고 생각했던 공공 영역이 코로나를 계기로 지원을 중단하자 길을 잃은 느낌을 받았다.

"공공에서 운영하는 극장이나 박물관, 미술관 등이 문을 닫으면서 예술 작업하던 팀들이 다 밀려났어요. 방역을 이유로 절차 없이 쉽게 밀어내도 되는 존재들이 바로 우리였구나 체감했어요."

이사를 결심하던 시기 푸른 씨는 정부의 지원 사업에 대한 회의감이 컸다. 코로나가 닥치고 예술인들의 삶이 녹록지 않게 되면서 예술인지원사업들도 경쟁이 치열해졌는데, 푸른 씨가 느끼기에 그만큼 예술의 다양성은 축소되는 것 같았다. 지원금을 위해 정부의 요구사항에 예술을 끼워 맞추는 일도 마음에 내키지 않았다.

"이런 형태의 예술을 하는 사람들만 돈 줄게, 이런 식이에요. 거기서 잘해서 살아남는 게 도대체 무슨 의미가 있나 싶더라고요."

의미가 없다고 생각할 때 이사를 마음먹었다. 공공의 지원 사업은 치열한 경쟁 체제였고, 연극을 만들던 무대인 청년청 공간은 코로나를 이유로 언제든 닫을 수 있는 불안정한 장소임을 알게 됐다.

"제가 너무 쉽게 밀려날 수 있는 존재임을 느끼고 나서는 서울에서 더 이상 못 살겠다는 생각이 들었어요."

몇 년 전부터 '탈조선'을 꿈꿨다는 푸른 씨는 평소에도 동료들과 '우리 탈조선 할 곳을 알아보자'며 해외 유학 등을 생각해왔다. 하지만 코로나 시기에 그마저도 쉽지 않았다. 로컬에서의 삶이 눈에 들어왔다.

"여러 가지로 서울에서는 더 이상 답이 없는 것 같았어요. 그럼 어디가 좋지? 이런 이야기를 코로나 터지기 전부터 평소에도 많이 했어요. 몇 년 전만 해도 유학 이야기를 많이 했어요. 근데 코로나가 터지면서는 해외 길이 막힌 거예요. 사실 서울이 답이 없는 거지 무작정 해외로 나가는 게 답은 아니구나 싶었어요."

지방으로 이사하기로 마음먹고는 막판까지 전주와 제주를 저울질했다. 푸른 씨는 교류해오던 전주의 청년 예술가들이 있었고, 마침 전주에 아는 친구도 있었다. 마침 오랜 기간 같이 연극을 해온 뒹굴의 동료 한 명도 길을 잃은 상태였다. 함께 전주로의 이사를 결정했다.

"지인이 있었기 때문일까요. 아니, 그보다도 그냥 여기는 정말 살기 좋을 거 같아서 택했어요. 어디든 가면 '여기 살기 좋네요?'라고 예의상 말하는데, 정작 사는 분들은 '직접 살아보면 안 그래'라는 답이 돌아오잖아요. 하지만 전주는 '맞아, 진짜 좋아'라고들 답해요."

푸른 씨는 전세자금대출을 받아 전주 신시가지에 동료와 함께 살 전셋집을 마련했고 새 도시에서 새로운 생활을 시작했다. 이곳에서 연극 작업도 이어갈 생각이다. 팀원 두 명이 함께 탈서울했으니 연극단체 '콜렉티브 뒹굴'이 탈서울한 것이기도 하다.

② 어떻게 사는 게 탈서울이지?

푸른 씨는 2012년부터 어떻게 하면 연극계의 조직문화를 개선하고 새 창작 방법론으로 즐겁게 연극을 할까 생각해왔다. 그런 작업들이 2018년 이후 주목을 받았고 푸른 씨가 몸담은 연극 조직들도 호평을 받았다.

"이 과정에서 저는 당연히 제가 한국에서 연극을 하는 줄 알았죠. 저는 제가 '옳은 인간'인 줄 알았는데요. 서울 아닌 곳에서 사람들을 만나보니 전 그냥 '수도권 인간' 그 자체였구나 하는 생각이 들어요."

푸른 씨가 탈서울 계획을 말했을 때 주변에서는 만류했다. '왜 지금 가냐', '은퇴하고 나중에 가라', '이제 막 주목받을 시점인데 아깝다', '지방에서는 네가 무얼 한들 관심이 없을 거다'라고들 했다. 문화예술계에도 수도권 중심주의가 심했다. 푸른 씨는 그동안 자신의 예술 활동이 그저 수도권에서 이뤄졌기 때문에 쉽게 주목받았던 걸까 궁금해졌다. "다른 사람들 다 서울로 가니까 한 팀 정도는 내려가도 되는 거 아닌가요?" 이렇게 반문하고 그녀는 전주로 내려왔다. '뭔가 난 다르게 살고 싶다'는 마음도 컸다.

그렇게 결정을 하고 이곳에 온 지 몇 개월이 지났다. 연극 일에 관한 한 푸른 씨는 이사 이후 치열하게 적응하는 기간을 보내고 있다. 꼭 뭔가 대단한 성취를 해야 하는 것은 아니지만, 스스로 결심한 걸 잘 해내고 싶어 하는 성격의 그녀는 전주에 와서 그저 소소한 일상에만 집중하는 게 그렇게 쉽지는 않다고 했다.

"내가 뭔가 해야지라고 생각했을 때 그걸 끝까지 해서 최고로 잘 해내고 싶은 마음이 있어요. 그게 남과의 경쟁이든 나의 성취감이든 말이죠."

여러 가지 면에서 전주에 이사 온 걸 무척 만족하지만, 전주에 온다고 갑자기 인생의 정답이 기다리고 있는 건 아니었다. 오랜 시간 일에서의 성취와 보람을 낙으로 삼아온 서른 살 그녀는 새 지역에서 목표나 방향성을 아직 찾지는 못했다.

"'그래서 앞으로 뭘 해야 하나?', '일단 전주에 왔는데, 그다음엔 뭐하지?' 이런 생각이 자꾸 드는 건 지울 수가 없어요. 내 안의 성장주의, 성과주의가 있어서요. 뭔가 다르게 살아야지 생각하고 내려왔는데 그렇다면 어떻게 사는 게 다르게 사는 건가, 아직은 잘 모르겠는 거죠."

수도권 중심의 성장 우선 주의를 벗어나 살아야겠다고 마음먹고 이곳으로 이사를 했지만, 그게 어떻게 사는 것인지는 아직 잘 모르겠다고 했다. 요즘은 로컬이 힙하고 로컬살이가 뜨니까 뭐 내가 죽진 않겠구나, 이렇게 생각한다.

"'연극인'이라는 게 뭔지 잘 모르겠어요. 규정된 건 없지만 주류라는 게 정해져 있죠. 그 주류에 들지 못하면 연극을 아무리 열심히 해도 자격지심을 갖게 되는 구조예요. 지방에 와서 이런 말을 들었어요. 전주에서는 열심히 해도 그저 '서울 못 간 애들'이 되어버린다는 거예요."

푸른 씨는 지금 우리나라에서 '누가 연극인인가'라고 누군가 묻는다면 아무도 지방에 사는 사람을 '연극인'이라 불러주지 않을 것 같다고 했다.

Q : 전주에 오고 나서 만족하지 못하는 게 있다면요?

A : 아무래도 연극 작업의 지속 가능성을 보장받지 못하고 있는 점이죠.

Q : 탈서울 이후 아쉬움이 드나요?

A : 저는 전주에 온 이상 이제 더 이상 '연극계' 사람이

아니에요. 지금은 서울 연극판을 떠나면 '연극계' 사람
이라고 할 수 없는 구조니까요.

그녀는 요즘 만나는 사람에게 공통적으로 '얼굴 좋아
졌다'는 소리를 듣는다. 아는 사람들로부터 '너를 알고
난 뒤 이런 얼굴은 처음 본다'라는 말도 들었다. 일상은
확실히 업그레이드됐다. 하루하루 자신을 알아가는 과
정에 집중하고 있다.

푸른 씨는 많은 주거지를 거쳤지만 집이 참 좋다고 느
낀 적은 지금이 처음이다. 그녀는 20대 때 고시원이나 셰
어하우스 등 모든 형태의 주거에서 다 살아봤다고 했다.
부모님 댁은 서울이지만 고등학교 때부터 시작한 기숙
사 생활부터 일찌감치 여러 종류의 거처에서 생활해왔
던 터다.

"얼마 전 집에 누워 있는데 '집이 참 좋다', '편안하다'는
느낌을 받았어요."

살면서 이런 생각이 든 게 처음이어서 그녀는 이 느낌
을 같이 느낄 수 있는 생명체를 집에 들이고 싶었다. 그렇
게 푸른 씨는 식물을 여럿 키우는 '식집사'가 되었다. 그

리고 얼마 전 불법 번식장에서 구조한 개를 임시 보호소에서 데려왔다. 1년간 맡아 키울 예정이다. 지금은 '샤이'란 이름의 강아지를 돌보고 산책하는 게 일상의 즐거움이다.

이사하고 3개월이 지난 지금, 푸른 씨는 달라진 일상을 소소하게 발견할 때가 많다. 무엇보다 지금 인생 최대치의 몸무게를 찍고 있다. '친구가 잘 먹여서 그런 것 같다'고 했지만 내가 보기엔 생활이 좀 더 여유롭고 덜 고생스러워진 게 아닐까 생각해본다.

1. 탈서울을 하면 유토피아가 펼쳐질 거라고 믿는 게 탈 서울을 실패하게 만드는 요인입니다. 지방은 친환경적이야, 지방 사람들은 인심이 좋아, 지방은 유토피아야, 이런 말들 자체가 서울 중심적인 사고에서 나온 것이고요. 다 사람 사는 곳이고 오히려 수도권에 대한 갈망이 있는 분들도 계시고요. 수도권을 벗어나면 뭐가 있지 않을까, 하는 환상에서 벗어나는 게 곧 수도권을 벗어나는 길이라고 봅니다.

2. 자차를 마련하는 것도 좋습니다. 아버지께서 제가 전주로 이사할 거라고 말하니 차가 꼭 필요할 거라고 조언해주었죠. 요즘 저는 손수 운전하며 새 지역에 적응하고 있습니다.

봉급생활자의 꿈,
지방에선 왜 어려울까

＊

2020년 9월, 나는 친구와 서울시청 앞 광화문 주변에서 식사를 하고 있었다. 코로나19 3차 대유행 시기의 초입이었는데, 상가 대부분이 문을 닫았고 거리에는 지나가는 사람을 찾아보기 어려웠다. 늘 붐비던 식당가가 이렇게 텅텅 비다니. 서울이 수도가 된 뒤 광화문 일대가 이렇게 멈췄던 적이 있었을까. 감염병이란 이렇게도 무섭구나, 그야말로 세상엔 예상하지 못한 그 어떤 일도 일어날 수 있구나 싶었다.

이 시기 많은 인구 이동이 전국에서 일어나고 있었다. 한 해를 넘기고 발표된 통계를 보니 2020년 한 해 사람들이 어떻게 지냈는지 얼추 보이는 듯했다. 모든 활동을 집 안에 구겨 넣은 감염병은 집값도 대폭 상승시켰는데,

통계청이 이듬해 발표한 '2020년 국내인구이동통계'[3]는 그 해 타 지역으로 이사한 국내 이동자 수가 유의미하게 많았다고 말하고 있었다.

당시 통계청 공무원은 이 내용[4]을 발표하며 이렇게 말했다. "전반적으로 인구가 고령화되고 그다음에 교통, 통신이 발달하면서 굳이 이사를 가지 않아도 출퇴근할 수 있게 되어 (인구이동이) 감소하는 추세인데, 2020년의 경우에는 주택 사유로 인한 이동이 많이 늘어난 것 같습니다."

그러니까 내가 탈서울을 생각하던 시기는 마침 우리나라에서 인구 이동이 유난히 활발하던 시기였던 것이다. 내가 조언을 얻고자 만난 일곱 분 중에 여섯 분도 비슷한 시기(2019년~2021년)에 주거지를 서울에서 타 지역으로 옮긴 분들이었다. 앞으로 살 곳을 고민하던 나는

---

3 2020년 국내 이동자 수는 773만 5,000명으로 한 해 전에 비해 8.9%(63만 1,000명) 늘었는데, 이 규모는 몇 년 사이 가장 큰 폭으로 증가한 수치라고 한다. 이동자 수란 살던 곳에서 다른 곳으로 이사한 후 주민센터에 전입 신고를 한 사람들이다. 이동자들이 말한 구체적 전입 사유는 주택(38.8%), 가족(23.2%), 직업(21.2%)순이었는데, 한 해 전과 비교해 주택으로 옮긴 이동자 수는 24만 7,000명으로 2014년(34만 5,000명) 이후 가장 큰 규모의 증가였다고 한다. 전입자 수 순유입이 가장 크게 증가한 시도는 세종시와 경기도였는데 이곳 역시 가장 큰 순유입 사유는 주택이었다.

4 〈2020년 국내인구이동통계 브리핑 속기자료〉, 대한민국 정책브리핑.

통계 수치 하나에 작은 위로를 받는 느낌이 들었다. 나만의 고민이 아니었구나.

서울이 아닌 곳으로 이사해 나름의 삶을 일궈가는 일곱 분의 이야기를 듣는 과정은 흥미진진했다. 무엇보다 나 자신을 더 알아가는 과정이었다. 진정 내가 원하는 것이 무엇일까. 나는 요즘 유행하는 MBTI로 따지면 INFJ인데, 탈서울을 고민하는 과정에서도 이 성격이 고스란히 묻어났다. 내 인생에서 거주지를 옮기고 직업 변동이 필요한 큰 결정을 하려고 하니 난 영락없는 INFJ였다. 그러니까 너무나도 판단형에 가까운 사람이었다. 쉽게 말해 판단형(J)은 미래의 변수를 미리 파악해 계획적으로 대응하려는 성격이고 인식형(P)은 상황에 따라 그때그때 개방적으로 대처하는 게 편한 성격이다. 어느새 나는 극도의 판단형이 되어 있었다. 큰 결정을 하기 전 혹시 내가 사전에 알아야 할 중요한 정보가 있는지, 나중에 후회하지 않는 선택을 하려면 지금 무엇을 해야 하는지, 너무도 잘 준비하려고 하는 까닭에 나는 정작 선택과 결정을 하지 못하는 지경에 이르러 있었다.

망설임이 많은 내 성격상, 먼저 비슷한 선택의 기로에

있었던 사람들의 이야기를 들으면 도움이 될 것 같았다. 하지만 일곱 분의 이야기를 듣고 난 후에도 나는 뭔가 풀리지 않는 의문이 마음 한편에 남아 있는 것을 느꼈다. 내가 탈서울한 분들을 찾으려 할 때 특별히 어떤 직업군에 계시는 분들을 목표로 한 게 아니었는데도 평범한 직장인으로서 새 취직 자리를 마련해 이동한 경우는 드물었다.

탈서울을 비교적 적극적으로 추진한 분들은 뭔가 자신만의 장기가 있는 분들이었다. 개인 사업체를 운영하든, 자영업을 시작하든, 창업을 결심하든, 프리랜서로 일하든, 밀집한 중심지와 조금 멀어져도 홀로 일할 무기와 마음의 용기가 있는 분들이 많았다. 연구든 연극이든 개인기가 중요한 분야에서 조직의 테두리가 아니어도 일할 수 있는 형태를 만들어나가는 분들이었다. 물론 그분들 역시 탈서울할 때 직업에서의 기회는 조금 내려놓은 듯했지만 말이다.

새 직장에 취업하면서 서울을 떠난 분은 경기 이천으로 간 해피맘 님 가족이 유일했다. 그러니까 배우자가 버스회사가 아닌 물류센터로 취직한 경우였는데, 코로나 시기 산업 변화의 흐름을 잘 탔고 탈서울이라곤 하지만 역시 수도권 내의 경기 이천으로 옮겼다. 고향 창원으로 돌아간 뒤 병원 행정직에 취업한 보라 씨도 새 지역에서 일자리를 찾은 경우였지만 탈서울을 결심할 당시에는 직업에 관한 한 어떠한 보장도 없었다.

소박한 봉급생활자의 꿈을 지방에서 이룰 순 없는 걸까. 자연스레 이런 의문이 들었다. 월급쟁이로 탈서울한 사람은 왜 쉽게 만날 수 없는 걸까. 혼자 일할 특별한 무기가 없는 많은 사람들은 정해진 시간 사무실에 출퇴근하며 조직 생활을 하는 급여소득자로 살아간다. 매달 일정한 월급을 받아 생활비로 쓰고 남은 소득을 모아 적당한 집 한 채를 꾸리는 것은 현대인들의 평범한 소망이다. 여기에 덜 치이는 생활과 팍팍하지 않는 살림살이, 아이를 기르기 어렵지 않고 균형 잡힌 삶이 더해진다면 더할 나위가 없겠다.

하지만 이런 삶은 누구나 꿈꾸지만 쉽게 이룰 순 없다는 걸 다시 한번 실감했다. 특히 지방으로 생활 근거지를 옮길 때는 이중에 '급여소득자'로서의 지위를 사실상 내려놓아야 가능했다. 시장에 당장 내다 팔 것이 없는 평범한 사무직 근로자가 급여소득자로 살기 위해선 서울을 비롯한 수도권에 붙어 있어야만 하는 현실을 나는 인터뷰 과정에서 재확인할 수밖에 없었다.

쉽게 접근해 많은 이들이 선망하는 일자리인 30대 기업의 본사는 네다섯 곳을 제외하고 대부분 서울에 있다. 좀 더 확대해 100대 기업이라 해도, 대기업이 아니라 상장기업으로 확대해도 상황은 비슷하다. 다음은 최근 나온 보고서[5]의 한 구절이다.

> 2020년 기준 공시 대상 기업 집단(재벌 기업) 64곳 가운데 수도권 소재 기업 집단은 56곳인데, 이들에 속한 계열사는 1,967개사(자산총액 1,964.1조 원)에 달해 수도권으로의 부의 편중이 심각하다. 우리나라의 조선, 화학, 자동차 등의 분야에서 주력 대기업의 사업체는 울산 등의 산업도시에 소재하고 있을지라도 이들의 본사, 소위 말하는 재벌 기업의 본사들은 서울에 집중하고 자산총액도 거의 2,000조에 달해 부의 집중이 뚜렷

---

5 〈기업 본사의 지방 이전 최근 동향과 정책 시사점 2: 국내 현황과 과제〉, 국토연구원 2021년 8월 발간, 허동숙 국가균형발전지원센터 부연구위원 등.

이 나타난다. (…) 특히 전국 사업체의 본사를 전산업, 제조업, 지식서비스업으로 구분해 비중을 확인하면 지식서비스업의 경우 압도적으로 서울의 집중이 높다.

고등학교 시절 전북대학교에 입학한 언니는 역사와 철학 같은 인문학을 좋아했지만 일찌감치 공무원 시험을 준비했다. 2000년대에 들어서며 이미 지방에 있는 대학에 다니는 학생들은 공무원 시험이 아니면 취업 자리가 녹록지 않았다. 대학가에 가면 공공기관 일자리를 준비하는 학생들이 많았다. 언니를 만나러 캠퍼스에 갔을 때 공무원 준비를 위한 학원 포스터가 즐비한 풍경이 아직도 생각난다. 이미 오래전부터 서울과 경기 지역을 제외한 지역에서는 젊은이들이 진입할 일자리가 줄고 있었다. 지금도 크게 다르지 않을 것 같다.

비록 소수일지라도 나처럼 탈서울을 계획하며 지방에 가서 살고 싶다는 사람이 있을 때, 우리 사회의 구조가 이들이 원하는 바를 실천할 수 있는 구조일까 생각해보면 쉽지 않아 보였다. 소득이 보장되는 일자리에 고용되는 것을 어느 정도 포기해야 했고, 내 자녀 세대가 수도권 인프라를 누리지 못하면서 발생하는 각종 불이익도 감수해야 했다.

지역에 따라 구할 수 있는 일자리의 질은 이미 상당히 달라져 있었다. 높은 소득의 안정적 일자리는 대부분 서울과 경기도에서 구할 수 있다. 최근 나온 또 다른 보고서[6]는 학교를 졸업하고 처음으로 진입하는 일자리의 질이 지역별로 어떻게 다른지 수치로 입증해냈다. 비수도권에서 구할 수 있는 일자리의 질이 수도권에 비해 낮다는 것을 숫자로 체감할 수 있을 정도다.

이 보고서는 2007년부터 2019년까지 첫 일자리에 진입한 청년층 근로자 5,779명의 표본을 분석했는데, '수도권 대기업'에 처음 취업한 청년은 월평균 219.8만 원의 소득을 올렸다. 반면 전국 4개 권역(수도권, 중부권, 호남권, 영남권) 중 최하 권역으로 집계된 '호남권의 소기업'에 처음 취업한 청년은 월평균 138만 원의 소득을 올리는 데 그쳤다. 그동안 경제가 수도권을 중심으로 발전해왔기 때문에 청년들이 원하는 괜찮은 일자리가 수도권에 편중돼 있는 결과라고 보고서는 설명하고 있었다. 수

---

6 〈지역별 청년층의 취업특성 및 일자리의 질 분석〉. 지역정책연구 제32권 제3호. 황광훈 한국고용정보원 책임연구원 외. 2021.12.

도권 기업에 취업하는 게 젊은이들 입장에선 합리적 선택일 수밖에 없는 일이었다.

그러니까 괜찮은 소득을 얻을 수 있는 직장들이 대부분 수도권에 있는 까닭에 지역은 점점 열악해질 수밖에 없는 게 현실인데, 문제는 이러한 공간 불평등이 미래 세대로 대물림되고 있다는 것이다. 서울이나 경기도에 있는 직장에 근무하며 자녀 세대에게 수도권 인프라를 누리게 할 수 있는 계층과 그렇지 않은 계층 사이에 앞으로 불평등이 더욱 커질 것이란 전망이 나오고 있다.

좋은 일자리를 가진 계층은 양질의 도시 인프라에 수반되는 높은 지가와 임대료 부담이 가능하기 때문에 점점 군집을 이루게 된다. 양질의 도시 인프라가 자녀에게 대물림되면서 세대 간 계층 이동성을 약화시킬 경우, 노동시장의 공간적 분단으로 인해 사회통합이 저해되고 사회 전체의 지속가능한 발전을 위협할 수 있다.[7]

7 〈지역의 일자리 질과 사회경제적 불평등〉 지역 고용동향 브리프 2019년 봄호, 이상호 한국고용정보원 지역일자리지원팀장. 이 연구는 전국 252개의 시군구 중에 일자리의 질 지수가 상위인 39개 시군구 중 80% 이상이 수도권(서울 19개, 경기 12개, 인천 1개)에 위치해 있고 그 외 광역시와 도 지역에 20%(7개)가 있을 뿐이라고 설명했다.

쉽게 말해 부모가 수도권에 자리 잡은 가정의 아이들은 교육 기회와 문화 접근성 등에서 양질의 인프라 혜택을 받고 자랄 수 있고, 이들은 성인이 됐을 때 수도권의 좋은 일자리에 진입하는 선순환 구조에 놓인다. 하지만 부모가 비수도권에 자리 잡은 가정의 아이들은 그렇지 않을 가능성이 높다.

몇 년 전 영국 영화 〈빌리 엘리어트〉를 재개봉 시즌에 극장에서 다시 봤다. 발레리노의 꿈을 가진 주인공 빌리는 1980년대 영국 북부 탄광촌 시골 마을에서 부모님과 함께 산다. 춤에 천부적 재능이 있던 빌리는 열한 살 때부터 댄서의 꿈을 갖지만, 광부인 빌리의 아버지는 자녀를 런던의 유명 발레학교에 보낼 돈이 없다. 파업 기간에 소득마저 끊긴 아버지는 아들과 런던까지 갈 차비도 부족한 형편이다. 1980년대나 지금이나, 영국이나 한국이나, 발레 같은 예체능을 제대로 배우기 위해서는 대도시로 가야 했다.

결국 빌리는 천신만고 끝에 런던의 학교에 입학하고 수년 뒤 발레리노로 성공하지만 이런 스토리는 이제 영화에서나 가끔 볼 수 있는 이야기가 될지도 모른다. 앞의 연구에서 말한 것처럼, 교육의 기회를 비롯해 양질의 도시 인프라를 자녀에게 누리게 할 수 있는 계층과 그렇지 못한 계층 사이의 골이 깊어지고 그 골은 자녀 세대에게 대물림 될 것이기 때문이다.

최근 몇 년간 수도권 집값이 요동치면서 지역으로의 이사를 고민하는 사람들이 많다. 하지만 이미 수도권 위주로 돌아가는 이처럼 공고한 세상 앞에서 한낱 개인에 불과한 우리는 어떤 선택을 해야 할까. 특히 자녀가 있는 가정이라면 고민은 그리 간단치 않을 것이다.

삶의 근거지로 지방을 택하지
못하는 이유

✳

"저 얼마 전 서울로 왔어요."

"가족 전부요? 아니면 잠시 선배만?"

"가족 전부요."

제주에 있는 줄 알았던 선재 씨(227쪽)로부터 얼마 전 가족이 전부 서울로 왔다는 소식을 들었다. 제주살이에 대한 소회를 전해 들은 후 6개월이 흐른 뒤였다. 당분간 제주를 떠날 생각이 없다고 한 그였지만 이사한 지 3년 이 지날 즈음 제주에서 다시 서울로 리턴한 것이다. 생각해보니 선배의 상황이 이해가 갔다. 제주에서의 삶은 일할 기회로 따지면 확실히 부족한 편이라고 6개월 전에도 솔직하게 말해주던 그였다. 때마침 연구자로서 왕성히 일할 기회가 서울에서 생기자 가족이 전부 서울로 이사했다. 누구보다 제주 생활을 좋아했던 가족이 2년 반의 제주 생활을 마치고 서울에 오면서 어떤 소회를 느꼈을지는 깊이 알 수 없지만, 나는 우리 사회의 구조와 현실을 생각할 수밖에 없었다.

"나 본사로 출근하게 됐어."

종종 연락하고 지내던 그 친구로부터 소식이 들려왔다. 3부 '지방에서 가정을 꾸릴 수 있을까'에서 말한 친구다. 서울에서 직장을 다니던 친구는 3년 전 직장을 옮겨 지방의 한 도시에서 일했다. 꽤나 대도시였고 누구나 들으면 알 법한 그런 회사의 정규직 직원이었기에 나는 친구가 좋은 환경으로 이동했구나 짐짓 생각했다.

그런데 친구는 서울로 다시 올 기회가 있는지 꾸준히 알아보는 듯했다. 젊을 땐 서울에 있어야 하지, 하는 그런 무언의 사회적 압박 때문이라고 생각했다. 하지만 그것만은 아닌 것 같았다. 친구의 가족을 비롯해 오랜 기간 만나고 미래를 함께할 사람이 서울에 있었다.

그는 본사로 이동했다고 연락한 지 얼마 지나지 않아 결혼 소식을 전했다. 그러니까 친구는 태어난 곳도 서울,

자라고 공부한 곳도 서울, 부모님도, 결혼할 사람도 서울에 있다. 이런 경우 그가 3년 일한 도시에는 직장만 있을 뿐이다. 그 외의 생활 근거지 전부가 서울에 있었다. 그가 그 도시를 삶의 터전이라 느끼기 힘들 수밖에 없었으리라.

내가 해석하기로 선배와 친구의 서울 리턴은 단지 어느 한 가지 이유 때문만은 아닌 듯했다. 서울에 살다 잠시 2~3년간 지방에 머물고 다시 서울로 오는 일은 흔하다. 그게 옳고 그르다는 것이 아니라 그저 여러 선택지 중 하나일 뿐이다. 어쨌든 사람들이 자신의 장기간 삶의 근거지로 지방을 선택할 여건이 좀처럼 마련되지 않는 것 같았다.

각 지역에 일자리를 많이 만들면 사람들이 서울로만 몰리진 않을 거라고 흔히 말한다. 하지만 친구를 보면 일자리만 있다고 그 지역을 자기 삶의 근거지로 삼지는 않았다. 2000년대 초중반 전국이 균형 있게 발전해야 한다며 공공기관과 공기업을 지방으로 이전하는 정책이 나왔다. 15년여가 지난 지금, 이 정책의 효과성에 의문을 제기하는 연구들이 많이 나오고 있다. 전국 열 개의 혁신도시를 지정해 이전시킨 공기업, 공공기관들의 인구 분산 효과가 떨어진다는 게 지금의 평가다. 직장이 수도권에서 비수도권으로 이전하면 일부 직원들만 온 가족이 함께 그 지역으로 이사할 뿐, 상당수 직원들은 기존의 수도권 거주지를 그대로 유지하는 것으로 나타났다.[8]

몇 달 전 혁신도시의 한 공공기관에 취재차 전화를 했을 때의 일이다.

"혹시 주중에 그 지역에서 일하고 주말에 서울에서 지내는 분이 주변에 계실까요?"

내 질문에 그 공공기관의 관리자는 이렇게 답했다.

"그런 사람 많죠. 저도 그래요. 직장은 여기에 있고 주말엔 서울에서 지내요. 우리 기관이 혁신도시로 이전하면서 정부 시책으론 나도 여기로 이사를 해야 하지만 그게 어디 쉽나요. 애들이 고등학생이라 이사를 못 해요. 애들 엄마랑 서울에 있고 나만 여기서 원룸 얻어 주중에 있죠. 주말엔 나도 서울에 가요. 근데 이런 이야긴 기사

---

8   혁신도시로 이전한 공공기관 직원들의 가족동반 이주율은 66.5%(기혼자 기준 53.7%)였다. 국토교통부, 2021년 상반기 혁신도시 정주환경 조사 결과. 2021.8.

에 쓰지 마요, 안 좋은 사례라서.”

일자리가 지방에 있어도 직장생활을 하는 주중에만 그 지역에 머물고 나머지 삶의 근거지는 서울인 경우가 상당히 많다. 지역 불평등을 해결하는 데 일자리가 제일 중요한 요소이면서도 일자리만으로 모든 게 다 해결되지 않는 게 현실이다.

탈서울을 고민하며 만난 분들은 ‘지방에도 있을 건 다 있다’고 했다. 하지만 ‘문화적 혜택’이 부족하다는 것 또한 공통적인 의견이었다. 나는 고개를 끄덕이면서도 처음엔 이게 정확히 무슨 뜻일까 100퍼센트 이해가 가는 건 아니었다. 웬만하면 넷플릭스 보고 유튜브 보는 게 일상인데, 서울에 산다고 해도 맨날 콘서트홀에 가는 게 아닌데, 왜 문화적 혜택이 부족하다고 이야기할까. ‘지방에는 문화적 혜택이 부족해’란 말은 문화 행사를 오프라인으로만 볼 수 있던 시기에 만들어진 ‘클리셰’가 아닐까 생각하기도 했다. 지금은 코로나 시기인 데다 전국에 인터넷이 뚫리지 않은 곳이 없는데 말이다.

그러다 어느 날 무심코 TV 예능 프로그램을 보다가 이

말의 뜻을 명확히 이해하고야 말았다. 문화 소외감이 무엇인지, 모든 문화가 서울과 수도권을 중심으로 흘러간다는 게 정확히 무슨 뜻인지 말이다.

어느 날, MBC 예능 프로그램 〈나 혼자 산다〉를 별생각 없이 보고 있었다. 하루는 배우 한 명이 출연해 서울 성동구 성수동의 한 오피스텔에서의 일상을 보여주었다. 출연자들은 성수동 근처에 무슨 식당이 맛이 있고, 어디 카페가 분위기가 좋다, 어디 가면 무엇을 즐길 수 있다, 이런 말들을 하면서 '동네 수다'를 질펀하게 늘어놓았다.

솔직히 성수동 주민이 아니면 잘 모를 그런 식의 대화인데, 이걸 보는 전국의 젊은 1인 가구들은 무슨 생각을 할까. 이런 대화가 재미있을까? 힙하다는 연예인들이 나와 힙한 생활 방식에 대해 수다를 떠는 공중파 프로그램을 볼 때 서울에 살지 않는다면 분명히 이질감을 느낄 것이다. 우리나라 인구 절반이 비수도권에 사는데, 수도권이라도 성수동이 어디 붙어 있는지 모를 수 있는데….

서울의 한 동네에 대해 구체적으로 떠들고 있는 TV 프로그램을 보고 있으려니 어쩌면 누군가는 매번 TV를 틀 때마다 이방인처럼 느끼겠구나, '문화 소외'를 느끼겠구나 싶었다. 서울이 아닌 다른 지역은 주변부가 되어버리고 마는 이런 거대한 사회 구조 속에서 사람들이 쉽게 서울이 아닌 곳을 자기 삶의 근거지로 마음 편히 삼을 수 있을까.

'나만의 온탕'에 필요한 조건들

5

그렇게 마곡댁이 되었다

※

이 책의 원고를 처음 쓰기 시작할 때만 해도 나는 지방으로 이사하는 것을 진지하게 고민했다. 이렇게 발버둥 치며 서울에서 버틸 이유가 없지 않나. 좁은 집에 몸을 구겨 넣고 비싼 생활비를 감당하며 이토록 애쓰며 살 이유가 무엇일까. 난 최신 트렌드를 따라가지 않으면 몸이 근질거리는 사람이 아니다. 타오르는 야망과 사회적 성취를 위해 한 몸 불사르고 싶은 사람도 아니다. 삼시 세 끼 잘 먹고 적당한 월급과 일상의 평온함을 유지할 공간만 있다면, 애초에 지방 소도시에서도 잘 살았던 나였다. 10년 가까이 이어온 직장 생활도 이젠 할 만큼 했다는 생각이 들었다. 서울 생활을 접고 새 삶을 꾸릴 채비를 했다. 반년간 나 홀로 차근차근 준비를 했던 것 같다.

그렇게 서울을 떠나는 계획을 구체화해나가던 때, 나는 가장 중요한 마지막 단계를 위해 한 걸음 발을 뗐다. 남자친구는 별 생각이 없어 보이고, 혼자라도 탈서울 해야 하나, 고민이 깊어가던 때였다. 나는 먼저 말을 꺼냈다. 옆에 있는 그가 미래를 어떻게 그리고 있는지 궁금했다.

"지방에서 일할 기회가 있으면 손을 번쩍 들려고 해. 어떻게 생각해?"

"일에 꼭 필요한 거라면 가야지."

"일에 필요하지 않더라도 조금 멀리 이사할까 생각 중이야. 서울에서 사는 것에 지쳤거든."

지방으로 이사를 한다면 나 혼자 가는 것을 뜻했다. 직장이 서울에 있는 남자친구는 함께 이사할 수 없었다. 대부분의 직장인들이 그렇듯 그도 나처럼 새 지역에서 일자리를 쉽게 구할 수 있는 여건이 아니었다. 더구나 그는 지방에서 살 생각이 없었다. 그러니까 이 질문은, 너 나랑 계속 만날래 말래, 뭐 이 정도의 무게가 아니었을까.

"내가 지방으로 내려가는 것에 대해 어떻게 생각하는

지 고민해보고 알려줘.”

일종의 선전포고를 한 뒤, 내 삶은 생각지 못하는 방향으로 흘러갔다. 결혼 생각이 없어 보이던 남자친구가 결혼을 추진하기 시작한 것이다. 연애만 하던 관계가 지루해진 내가 그의 옆구리를 콕콕 찔렀다면 그것도 맞는 말이다. 불과 1~2개월 사이에 큰 변화가 일어났다. 지난겨울에만 해도 탈서울을 할까 말까를 놓고 심각하게 고민했던 것 같은데 완연한 봄이 되자, 나는 서울 강서구 마곡동에 있는 새로운 거처로 이사해 있었다.

결과적으로 나는 결혼과 함께 당분간 탈서울을 미루기로 했다. 수천 번도 더 고민했던 탈서울은 잠시 이 시점에서 실패했다고 인정할 수밖에 없다. 나는 왜 탈서울을 택하지 못했을까. 그러니까 2020년 가을, 3주 휴가를 내고 탈서울을 감행한 후 8개월의 시간을 천천히 곱씹어보았다. 숨 가쁘게 이어진 몇 개월의 수많은 결정들 사이엔 저마다 뒷이야기가 있었다.

나는 확신을 갖지 못했던 것 같다. 초반 몇 개월은 분명 해방감을 느낄 것이다. 하지만 그저 한순간 ‘욜로’를 외치고 끝나는 탈서울은 하고 싶지 않았다. 그동안 나온 로컬살이 이야기들을 찾아보면, 서울에 있는 걸 모두 내려놓고 홀가분하게 떠나라, 그러면 행복이 찾아올지어다, 같은 메시지를 전하고 있었다. 그러나 이 도시를 기반으로 형성한 모든 것을 버리고 새 지역으로 간다는 건 그동안 살아온 삶과 단절할 용기가 필요했다. 내 일, 나를 둘러싼 인간관계, 내가 좋아했던 일상들, 내가 속한 하나의 세계…. 지금의 삶과 단절하고 새롭게 만나는 생활은 과연 즐거울 것인가.

지금 이사를 하면, 기한을 두고 떠나는 여행처럼, 잠시 멈추어 자신을 돌아보는 시간을 갖는 것처럼, 딱 몇 년을 보내고 다시 서울로 올 수 있을 것 같지는 않았다. 30대 후반에 더 이상 일자리에서 기회가 없을지도 모른다는 것을 충분히 감안하고 떠나야 했다. 먼저 서울을 뜬 사람들을 봐도 지방으로 이사하면 서울에서의 직업을 내려놓게 되는 경우가 대부분이었다.

대도시에서의 삶보다 더 큰 밥벌이 불안이 스며 있는 생활에 몸을 맡긴다는 것은 쉬운 결정은 아니었다. 나는 당장 내 생계를 내려놓지 못했고, 무엇보다 용기가 없었다. 가만히 있어도 늘 미래에 대한 불안을 느끼는 내 성격상 뚜렷한 일자리 없이 지방에 가면 더욱 큰 불안을 느낄 게 뻔했다. 지금 가진 생계를 내려놓는다면 앞으로 헤쳐나가야 할 삶의 무게가 얼마나 클지. 더 나은 삶의 질을 늘 꿈꾸면서도 알 수 없는 미래에 몸을 던질 용기가 없는 나를 확인할 수밖에 없었다.

서울에서 살 공간을 넓혀가기에 하나보다는 둘이 유리했다. 결혼제도는 주거 불안을 헤쳐나가는 데 확실한 방패막이 되어주었다. 두 사람이 힘을 합하니 혼자일 때보다 고를 수 있는 선택지가 넓어졌다. 나와 그는 매주 주말 신혼집을 구하기 위해 여러 동네를 찾아다녔다. 이런 걸 요즘 말로 임장 데이트라고 하던가. 우리가 가진 예산에서 구할 수 있는 가격대의 집이 있는 서울 외곽 지역과 경기도 일대를 돌아다녔다. 서울 도심으로 출퇴근할 수 있는 몇 곳의 동네가 후보지가 되었다.

결혼을 하려고 보니 모은 돈이 없었다. 남자친구한테 미안했다. 하루는 집에 가는 길에 술을 잔뜩 마셨다. 그날 따라 유난히 높게 느껴지는 오르막길을 오르다가 그에게 전화를 걸었다. 술기운 덕분인지 나의 자산 상황을 소상히 털어놓을 수 있었다.

"지금 내가 사는 방에서도 시작할 수 있을 거야. …미안해."

"미안하긴 뭐가 미안해."

"결혼 자금이 내가 너무 적은 것이 미안하지."

서울 여자가 아니라서 미안했다. 내 또래의 직장인이라면, 특히 서울에서 나고 자라 취직을 한 후에도 부모님 댁에서 산 친구들은 월급을 꽤나 두둑이 모았고, 내 나이쯤 됐을 때 상당한 자금을 모아 결혼하는 것을 보았다. 모든 생활 비용을 부모님 댁에서 해결하며 자신의 월급을 전액 저축하고 취업 3년 만에 결혼 자금 1억을 모았다는 대기업 친구의 이야기를 도시의 전설처럼 들어온 터였다.

"지방에서 올라와 혼자 살면 누구라도 다 그 정도 모아. 앞으로 같이 열심히 모으면 괜찮을 거야."

그는 내 상황을 이해해주었지만, 나는 괜찮지 않았다. 그 시기 서울의 집값은 무척 빠르게 오르고 있었다. 아파트의 경우 평균 전세 가격이 6억 원을 향해 달려가고 있었다. 결혼을 앞뒀지만 마냥 기뻐할 수 없었다.

당시 우리 둘은 지하철 네 개의 노선이 지나는 서울 마포구 공덕역에서 걸어서 15분 거리의 사무실로 출근하고 있었다. 공덕역은 광화문, 여의도 같은 서울 주요 도심으로 빠르게 통하고 강남도 비교적 멀지 않은 교통의 요지였다. 처음에 나는 우리가 구할 신혼집의 위치로 지하철 공덕역 인근에 있는 집들을 제안했다. 걸어서 출퇴근이 가능한 것도 혜택이라고 생각해서였다. 하지만 남자친구는 거절했다.

"이 근처는 안 끌려. 사람이 많고 번잡하기도 하고. 집이랑 사무실은 좀 떨어져 있으면 좋겠어. 무엇보다… 조금 넉넉한 공간에서 살고 싶은데, 이 근처에선 구할 수 없잖아."

그는 우리가 좁은 공간에서 살면 쉽게 싸우게 될 거라고 했다. 우린 서울의 도심에서 낡고 좁은 집을 구할지, 출퇴근이 힘든 서울 외곽에서 좀 더 넉넉하고 깨끗한 집을 구할지를 놓고 여러 번 논쟁했다. 체력이 약한 나는 출퇴근 거리가 너무 길면 힘들다고 주장했다. 하지만 그는 멀더라도 넓은 공간을 포기할 수 없다고 했다. 대화를 하며 실은 나 또한 그와 의견이 다르지 않음을 알게 되었다. 나도 지금보다는 넓은 집을 원했다. 원룸, 투룸살이엔 이제 피로감이 몰려왔다. 신혼집을 알아보면서 나는 탈서울과 비슷한 효과를 얻을 수 있는 지역에 집을 구하면 좋겠다고 기대했다. 좀 더 넓은 공간에 잘 정비된 신도시의 생활환경… 서울 외곽 지역에 신혼집을 구하면 내가 그동안 원했던 탈서울 효과를 얻을 수 있을 것도 같았다.

주말이 오면 우리가 가진 예산으로 눈높이에 맞는 집을 찾아다녔다. 처음 간 곳은 경기 고양시 덕양구. 서울 지하철 3호선 삼송역이 지나는 곳이었다. 그곳은 막 봄이 오기 시작한 3월 초였는데 역에서 내리자마자 따뜻한 봄볕이 내리쬐었다. 확 트인 시야와 함께 졸졸 흐르는 천변은 왠지 모르게 낭만적이었다. 카페라테 한 잔씩을 들고 주택가를 걸었다. 생활에 편리한 상가와 큰 쇼핑몰이 바로 옆에 있었다. 조금만 걸어가면 식당가가 있고 반찬 가게도 눈에 들어왔다.

"이 햇볕 좋은 것 좀 봐. 여기서 살면 걱정이 하나도 없겠다."

　삼송역 부근의 풍경은 깔끔한 신도시 느낌이었다. 대형 쇼핑몰과 잘 정돈된 상가, 주택가 근처에 들어서 있는 여러 편의 시설이 눈길을 잡아끌었다. 도심 주변을 휘감는 실개천까지. 복잡한 도심을 벗어난 해방감과 살기 편리한 자연환경을 함께 누릴 수 있을 것 같았다. 무엇보다 우리가 원하는 넓고 깨끗한 아파트들이 우리의 예산 범위 내에 있었다. 이 동네에서 신혼집을 구하고 싶었다.

　문제는 출퇴근이었다. 지하철 앱을 보니 삼송역에서 공덕역까지는 50분이 걸린다고 안내하고 있었다. 감당 가능한 출퇴근 시간 같았지만 막상 아침 지하철 풍경을 상상해보면 쉽지 않아 보였다. 숫자만 50분이지 발 디딜 틈 없는 극심한 혼잡을 거쳐야 하는 구간이다. 고양시에서 서울 광화문까지 오는 지하철 3호선 구간은 붐비기로 유명한 구간이었다.

　아침마다 플랫폼에 서서 몇 번의 열차를 떠나보내야만 겨우 열차 안에 발을 디딜 수 있을지도 모른다. 대혼잡이 예상되는 종로3가역에서 지하철을 갈아타야 하는 것도 마음에 걸렸다. 광화문에서 공덕으로 오는 5호선 구간도 마찬가지로 붐빈다. 이 출퇴근 경로는 잠시 앉아갈 가능성이 거의 0퍼센트에 수렴하는 데다 50분간 숨이라도 쉬면서 갈 수 있으면 다행이었다.

주중엔 잠만 자는 집이 될 것 같았다. 저녁 있는 삶을 반납해야 하지 않을까. 지하철 구간만 50분일 뿐 집 문을 열고 사무실 자리에 앉기까지는 편도 한 시간 30분이 예상되었다. 그렇다면 하루 왕복 세 시간의 출퇴근을 감당할 수 있을 것인가. 부부가 일을 마치고 식탁에 앉아 도란도란 대화하는 일은 토요일과 일요일이 전부겠지. 평일이라면 함께 먹는 저녁 한 끼는커녕 파김치가 되어서 집에 오자마자 쓰러질 게 뻔하다. 아마 우리의 오붓한 신혼 생활은 반납해야 할 것이 분명했다. 난 어쩌다 재택근무도 해볼 수 있었지만, 예비 신랑은 그렇지 않았다. 매일 사무실에서 나인 투 식스를 하는 것은 물론 일주일에 두어 번은 밤 10시까지 야근하는 그에겐 이 출퇴근 거리는 아무래도 무리였다. 밤 10시에 나와 지하철을 타면 밤 11시 30분쯤 집에 도착할 것이고, 다시 눈만 잠깐 붙인 후 아침 7시에 또 지옥철을 탄다…. 이건 저질 체력인 나뿐만 아니라 긴 출퇴근 시간을 감당하겠다는 그에게도 쉽지 않은 일이었다.

갈아타지 않고 사무실 근처 역까지 한번에 오는 지하철 노선의 양 끝 동네를 주로 알아봤다. 예를 들면 지하철 5호선 왼쪽으로 김포공항 주변, 오른쪽으로 경기 하남시를 훑었다. 경의중앙선의 윗 동네 파주시, 공항철도 왼쪽으로 인천 계양구도 살폈다. 외곽으로 갈수록 문제는 출퇴근 교통이었다. 서울 주변부 이곳저곳을 다녀봤지만 쉽게 답은 나오지 않았다. 그렇게 찾아다니던 우리의 레이더망에 잡힌 곳이 있었다. 공항철도 마곡나루역이었다. 서울에서 최근 개발된 대형 공공택지개발지구, 강서구 마곡동 주변이었다.

이런 게 온탕일까,
중간지대를 찾아서

✳

이 동네를 제대로 탐색하고자 우리는 이 근처의 한 비즈니스 호텔로 호캉스까지 왔다. 살 만한 동네인지 알아보려면 눈짐작만으론 불안했다. 숙박을 해가며 동네를 샅샅이 돌아봤다.

마곡나루역 주변은 내리자마자 서울을 벗어난 것 같은 확 트인 느낌을 주었다. 역에서 걸어나오면 넓은 광장에 따뜻한 햇살이 내리쬐었고, 역에서 곧바로 이어지는 거대한 녹지 서울식물원에서 자연을 만끽할 수 있었다. 주변 드넓은 평지에 조성된 아파트 단지들은 별도의 도시 같았다. 공공자전거 따릉이를 타고 10분, 20분만 가면 개화산과 한강도 멀지 않았다. 한쪽을 보면 평화로운 주택가인 듯했지만 다른 한쪽엔 바쁘게 돌아가는 IT 회사들이 있었다. 잘 정리된 구획을 따라 깔끔하게 들어선 건물엔 점심 시간이면 식당가로 쏟아져나오는 직장인들로 붐볐다. 주택가의 평온함과 일터의 활기가 공존하는 곳이었다.

무엇보다 우리는 지하철(공항철도) 한 노선만으로 서울 도심부인 서울역까지 20분이면 도달할 만큼 교통이 편리한 것에 꽂혔다.

"무조건 이 동네에 집을 구하자."

"좋아. 우린 할 수 있을 거야."

인터넷을 열심히 뒤지고, 여러 부동산에 전화를 돌리며 집을 보러 다녔다. 운이 좋게도 그 시기 막 입주를 시작한 한 신축 아파트 단지에서는 세입자를 구하지 못해 애를 먹고 있었다. 급격히 올라버린 서울의 아파트 전세가를 감당할 수요자가 막상 많지 않은 것 같았다. 임대인 입장에서 보기에 우리는 꽤 선호되는 임차인에 속했다. 아이 없는 신혼부부는 집을 깨끗하게 쓸 것이라며 부동산에서 임대인을 설득했다. 반려동물을 키우지 않을 것 같은 임대인의 특수한 조건을 수용하면서 우리는 시세보다 저렴하게 집을 구할 수 있었다. 우리의

10년 안팎 근로소득과 은행 대출을 안고서, 당시 평균 아파트 전세가를 넘지 않은 금액으로 30평대 신축 아파트를 전세로 구한 것이었다.

아직도 나는 집을 계약한 그날을 기억한다. 봄비가 추적추적 오는 흐린 날이었는데, 몇 개의 매물을 둘러본 뒤 우리는 근처 도시락집에 앉았다. 간단히 끼니를 해결하면서 어떤 매물을 택할 것인지 머리를 맞댔다. 그때 남편이 내 손을 잡고 "우리 잘 살자"라고 말했다. 그렇게 우리는 도시락을 먹고 나가서 그날 맨 처음 본 매물을 계약했다.

집 구하는 데 사력을 다하고 나니 그 밖의 모든 결혼 절차에 헛웃음이 나왔다. 앞으로 갚아나가야 할 대출금을 생각하면 웬만한 격식은 허례허식으로 느껴졌다. 집이 정해지니 그다음은 물 흐르듯 쉬웠다. 자다 깨보니 갑자기 '마곡댁'이 되어 있었다는 게 그리 틀린 말은 아니다. 집을 계약한 날로부터 한 달도 채 지나지 않아 결혼을 위한 모든 절차를 치르고 신혼집 입주까지 해버렸다.

이런 게 중간지대라는 것일까. 서울살이에 만족하지 못하면서 지방으로 이사하는 것에도 용기가 없던 나는 마곡이란 중간지대를 만들었다. 높은 집값과 지나치게 번잡한 서울은 끔찍하게 낮은 삶의 질로 몰아갔지만, 그렇다고 탈서울을 선택하면 삶의 많은 부분을 내려놓아야 하는 상황이었다. 답답한 대도시, 아니면 귀농 귀촌밖에 없는 좁은 선택지에서 나는 이러지도 저러지도 못해 괴로웠지만, 함께 살 동거인이 생기면서 의외의 중간지대를 찾을 수 있게 되었다. 어렵게 찾은 중간지대는 훌륭한 대안이 되었다.

열탕이나 냉탕이 아닌 온탕은 먼 곳에 있지 않았다. 깨끗한 계획도시에 살아보니 인프라가 잘 갖춰진 쾌적한 도시에서의 삶이 얼마나 생활 만족도를 높이는지 알게 되었다. 이사를 하면서 내가 왜 그토록 탈서울을 꿈꿨는지 더욱 선명해졌다. 신혼집을 찾는 과정은 내가 원하는 생활이 어떤 모양새인지 알아가는 과정이었다. 넓은 평지에 위치한 깨끗한 아파트, 회사로 가는 편리한 교통편, 걸어갈 수 있는 공원, 자전거를 타고 갈 수 있는 산과 강, 멀지 않은 곳에 생필품을 살 수 있는 상가들. 어쩌면 내가 원한 건 서울이냐 지방이냐가 아니었을 수도 있겠다는 생각이 들었다. 어디든 이런 환경이라면 나는 마음속에 '탈출'과 '사직서'를 품고 살지 않아도 되는 것이었다.

10분 거리에 산 코스와 강 코스

※

"평지에 살게 됐어. 서울 살면서 처음이야."

"아, 그래? 진심으로 축하한다."

이사를 앞두고 친구에게 결혼 소식을 전하며 새로 구한 신혼집이 '평지'임을 알렸다. 1년에 한 번쯤 내가 살던 방에 놀러 오던 친구였기에 나의 기쁨을 온전히 이해해주었다.

서울에 살면서 처음 만난 평지는 나의 생활을 크게 바꿔놓았다. 언제든 마음만 먹으면 자전거를 타고 근처 산이나 강까지 '슝' 다녀올 수 있었다. 삶의 질이 급상승했다. 따로 헬스장에 등록하지 않아도 집 근처에서 조깅, 러닝, 자전거, 등산 같은 운동이 해결되었다.

주말이면, 아니 평일 저녁에라도, 이곳에는 따릉이를 타고 10분 내외로 도착하는 산과 강이 있다. 토요일 아침이면 야채 주스로 아침을 해결하고 집 앞 정거장에서 따릉이를 빌려 근처 개화산까지 달린다. 페달을 구르고 대략 10분이면 강서둘레길 입구에 도착한다. 녹음이 우거진 산길을 걸으면 어느새 이마에 땀방울이 맺힌다.

"KTX 타고 어디 멀리 여행 온 기분이 난다."

"그러게. 10분 만에 숲으로의 순간 이동이라니."

서울 도심 한가운데에 있는 남산을 주요 데이트 코스로 오갔던 우리 부부는 집 근처 가까이에 산이 있음에 감사했다. 각자 살던 집에서 남산까지는 지하철과 버스로 한 시간이 넘게 걸렸는데 말이다.

강서둘레길은 등산이라고 하기엔 조금 아쉽고 산책이라고 하기엔 오르막이 있는 개화산 어귀 트레킹 코스다. 이제 막 푸른 숲이 우거지기 시작한 5월엔 초록초록한 풍경들이 피톤치드를 마구 내뿜는데, 사는 곳 10분 거리에서 이런 울창한 숲을 볼 수 있다는 건 대단한 행운이었다.

두 시간 트레킹으로 피톤치드 샤워를 하고 나면 그다음 코스는 개화산 근처의 유명한 막국숫집이다. 이 가게를 처음 봤을 땐 "여기 영업하고 있는 거 맞아?" 하는 의문이 들 정도로 낡은 건물이었지만 가까이 걸어가니 점심때가 한참 지났는데도 대기가 길다. 동치미 막국수를 시키면 순메밀 100퍼센트 삶은 면과 살얼음 동동 뜬 동치미 육수가 각각 그릇에 따로 나온다. 이렇게 개화산 트레킹과 맛집 탐방까지가 주말 한 나절 '산 코스'다.

'강 코스'도 있다. 정시 퇴근을 한 평일 저녁이면 우리는 이른 저녁을 먹고 따릉이를 타고 한강 강서나들목에 간다. 한눈에 들어오는 푸른 한강 풍경은 바다에 온 것처럼 상쾌하다. 어쩌다 느낌이 오면 자전거를 타고 인천 경인 아라뱃길까지 한두 시간 안에 다녀온다. 반대편으로 달리면 여의도 국회의사당까지도 자전거로 갈 수 있다. 중간에 편의점에 들러 먹는 뜨거운 라면도 즐거움의 포인트다.

꽉 막힌 서울 도심에 살 때도 동네 산책과 자전거 타기, 가벼운 등산을 할 수 없었던 건 아니다. 하지만 굳은 의지가 필요했다. 하루는 등산이 너무 하고 싶어 가장 가까운 산을 찾아가려는데, 동네에서 그나마 가까운 산은 번잡한 도심 속에 위치한 남산이었다. 집에서 남산까지 가려면 지하철역까지 마을버스를 타고 나가서, 다시 지하철을 타고, 한 번 환승을 하고, 남산과 가까운 지하철역에 내려서, 다시 한참을 걸어야 남산 입구가 겨우 나타난다. 난 단지 신선한 공기를 접할 약간의 숲을 원했을 뿐인데, 주말에 산에 가겠다고 대중교통을 한 시간 넘게 타다 보면 출근하는 기분이 나는 것이었다. 산에 안 가고 말지 이 고생을? 나중엔 산에 가길 포기하고 근처 골목길만 빙빙 돌다가 주말을 마감했다. 강도 마찬가지였다. 살던 곳에서 한강이 참 가까웠는데도 강까지 가는 길이 수월치 않아 자주 가진 못했다.

산과 강이 근처에 있는 지금의 일상이 얼마나 소중한지 모른다. 휴일에 산에 가기 위해 지옥철을 경험하지 않아도 된다는 것, 퇴근 후 저녁을 먹고 강가로 산책을 나갈 수 있다는 것. 이렇게 집에서 산과 강까지 가는 길이 뻥 뚫렸다는 것만으로 살아 있음을 느꼈다.

수세권과 빵세권의 중요성

✳

같이 라면만 끓여 먹어도 좋은 게 신혼이었다.

"와, 여기 펜션을 빌린 것 같아."

매일 오붓하게 요리를 해 먹고 술을 마실 수 있다는 사실에 감동했다. 밤마다 기름진 요리를 함께 만들어 먹고 둘이서 술을 한잔 걸친 뒤 곧바로 자는 날이 계속됐다. 그렇게 매일매일 잔치를 벌인 결과, 몸은 점점 비대해져갔다.

우리 동네에 수영장이 많다는 사실을 알게 된 건 이사 후 한 달이 지났을 때였다. 코로나가 찾아온 이후 2년 가까이 문을 열었다 닫았다 반복하는 헬스장, 그렇게 운동을 한동안 중단한 나는 한창 운동을 즐길 때에 비해 7킬로그램이 찐 상태였다.

포털사이트에 '마곡', '수영장' 이렇게 두 단어를 쳐 봤다. 집에서 멀지 않은 거리에 내가 갈 수 있는 수영장이 무려 여섯 개가 나왔다. 인터넷엔 '강서구에는 왜 수영장이 많은가요?'라는 질문도 눈에 띄었다. 여섯 곳 중 세 곳은 걸어서 갈 수 있는 거리였고 세 곳은 자동차로 10분 거리였다. 세 곳은 공공기관이 운영하고 있었고 나머지 세 곳은 민간이 운영했다. 우리는 매주 새로운 수영장을 가보면서 어디가 이용하기에 제일 적당한지 탐방을 다녔다. 그중 걸어서 10분 거리에 있는 해수풀 수영장에 정착했다.

슬리퍼에 트레이닝복만 입고 모자를 대충 눌러 쓴 채 편하게 걸어서 갈 수 있는 동네 수영장은 내게 오아시스 같은 것이었다. 주말 하루만이라도 제대로 수영을 하고 나면, 다시 태어난 듯 개운하고 상쾌했다. 그렇게 수영으로 컨디션을 회복하고 주말 오후 기분 좋은 나른함 속에서 낮잠을 잤다. 근처에 편하게 이용할 수 있는 수영장이 있는지는 내 삶의 질을 가르는 중요한 요소였다.

가끔 예전에 살던 집에서 '수영장 찾아 3만 리'를 하던 시절이 생각난다. 지하철을 타고 꽤 멀리 가야 겨우 찾을 수 있는 수영장이었는데, 그곳에 갈 땐 옷을 단단히 차려입고 나가야 했다. 지하철을 타야 하니 그래도 덜 후줄근한 옷으로 갈아입고 단정하게 머리도 좀 빗었다. 이렇게 가는 수영장행은 주중 출근과 무엇이 다른가. 어차피 수영할 건데…. 그렇게 가는 수영장은 휴식을 위한 공간이 아니었다. 이런 수고를 덜기 위해 한번은 택시를 잡아타고서 수영장에 다녀온 적이 있었다. 그렇다. 일어나 대충 머리만 묶고 갈 수 있는 집 근처 수영장이란 제대로 된 주말을 돌려받는 소중한 것이었다.

내가 사는 동네에 '이건 꼭 있어야 해'라고 생각하는 필수 인프라가 사람마다 다르겠지만, 나 같은 경우는 괜찮은 수영장이 있는지와 맛있는 빵 가게가 있는지, 이 둘이 꽤 중요하다. 두 가지를 이사 전부터 의도하고 알아본 건 아니지만, 내가 자리 잡은 지금 집 주변엔 다행히 수영장과 맛있는 빵집 이 두 가지가 충족된다.

우리 집이 '빵세권'이란 사실을 알았을 때의 기쁨은 무지 컸다. 이사 후 한 달 정도 동네를 탐색하는 기간이 있었는데, 집에서 나와 10분쯤 걷다가 우연히 간판에 큰 글자로 쓰인 '빵'이란 글자를 발견했다. 흰 바탕에 검정 글자로 그저 '빵'이라고만 쓰여 있고, 가게의 정면엔 갈색 덩어리가 그려진 게 전부였다. 빵 공장인가? 정체가 모호해 자세히 안을 들여다보니 깨알같이 'Bakery'라는 작은 글자가 보였다. 그리고 통유리를 통해 보이는 내부 선반에는 다양한 빵들이 작은 산을 이루며 존재감을 드러냈다.

이곳은 프랜차이즈 베이커리가 아닌 제빵사의 개성이 녹아 있는 빵집이었다. 빵을 만들 때 콩유산균을 사용한다는 이 베이커리는 '겔포스 먹듯 속이 편안하다'는 문구를 매장 안에 내걸고 있었다. 통밀빵 같은 건강한 식사 빵부터 두툼한 버터를 듬뿍 넣고 소금을 송송 뿌린 달면서도 짠 프레첼까지. 어느 베이커리에서나 파는 치아바타를 만들더라도 치즈와 할라피뇨를 넣어 향긋한 담백함이 녹아 있는 빵을 팔았다. 매일 아침 7시에 문을 열어 빵이 다 팔리면 일찍 문을 닫아버리는 이곳은 주말 아침 빵지순례를 하는 동네 인파들로 가득했다.

나 역시 주말 아침이면 이 빵집에 들르는 게 생활

의 큰 즐거움이다. 느지막이 일어나 동네 한 바퀴를 산책할 겸 이곳에 다녀온다. 갓 구운 빵을 식히느라 아직 비닐에 넣지 못한 빵들을 오븐에서 나온 뒤 대기해 있는 쟁반에서 즉시 산다. 따끈따끈하고 보송보송한 빵들을 품 안에 안고 집에 돌아와 갓 내린 아메리카노와 함께 먹다 보면 '이런 게 행복이구나' 싶다.

거실 창밖에 묘지가 잔뜩 내다보이는 '묘세권' 집들이 있다는 이야기를 뉴스에서 봤다. 아무리 좋은 집도 근처에 반길 수 없는 묘지가 있다면 살기 꺼림칙한 일. 콘크리트 건물에 불과한 아파트를 사람 냄새 나는 집으로 만들어주는 것은 결국 집 근처 동네에 뭐가 있느냐인 것 같다. 동네 주민들이 몰려드는 개성 있는 빵집과 후줄근한 차림으로 걸어갈 수 있는 수영장은 분명 꽤 괜찮은 동네 인프라다. 요즘 나는 나만의 취향을 저격하는 괜찮은 가게들이 또 있는지 동네를 탐방하러 다니는 재미에 푹 빠져 있다.

여기서 아이를 키울 수 있을까

※

연애를 막 시작할 때만 해도 남편은 딩크를 함께 실현할 수 있는 몇 안 되는 남자인 듯 보였다. 만난 지 얼마 지나지 않았을 때였다. 데이트로 경기도 파주의 한 카페에 갔다. 당시 남자친구였던 그는 가기 전부터 유독 이 카페를 점 찍어두며 마음에 들어 했다.

"여기 어때? 조용해서 커피 마시며 오래 앉아 있을 수 있어. 북카페라 책도 많아. 골라 읽을 수도 있고."

나는 미리 데이트 장소를 물색해놓은 그의 정성에 감동할 수밖에 없었다. 그런데 나를 진짜로 감동시킨 그의 말은 따로 있었다.

"여기 노키즈존이래. 정말 조용해."

주말에 찾아갈 카페가 노키즈존인지 아닌지 미리 알

아볼 정도라니, '그래 이 정도면 됐다' 싶었다. 이 남자라면 함께 아이 없는 삶을 영위할 수 있으리라.

하루는 그와 함께 서점에 갔다. 우연히 어린이책 코너를 둘러보게 되었다. 어린이 그림책은 대부분 그림으로 가득하고 한 귀퉁이에 단어 한 개, 또는 문장 한 줄이 있을까 할 정도로 글자가 적다. 그런 책을 몇 권 본 그는 굉장히 신기해하면서 말했다.

"이런 것도 책이야? 글자가 없잖아."

그때 난 또 한 번 결심했다. 그래, 이 정도면 됐다. 노키즈존을 찾아다니고, 어린이책을 낯설어 하는 남자라면 아이에 관심이 없을 것이고 그는 나와 딩크족 생활을 함께할 수 있으리라.

그와 함께 아이 없는 미래를 그린 나의 기대가 산산조각 난 것은 본격적으로 결혼 이야기를 주고받기 시작하면서였다. 노키즈존을 찾아다니고 어린이책에 조금도 관심이 없던 마흔 살 싱글 남자가 결혼을 계획하더니 갑자기 "애는 하나 있어야지"라고 말하는 게 아닌가. 사이좋은 부부가 자녀 한 명 정도를 낳아 기르는 화목한 3인 가구를 그는 꿈꾸는 것 같았다. 어느 날 하루는 예순에 자녀와 함께 에베레스트 산을 등반했다는 한 남성의 노년기 이야기를 듣고 와서는 자녀와 여행 다니는 자신의 미래를 털어놓기도 했다. 난감했다.

자녀 계획에 관한 한 어떠한 결론을 내지 않았지만, 막상 결혼하니 나 역시 집 근처 어린이집부터 눈에 들어왔다. 길을 걷다 어린이집이 눈에 띄면 기억해두고, 인터넷을 검색해 알아보고, 어린이집 전단지를 보면 그 위치와 전화번호를 확인해 저장하곤 했다. 출퇴근 길에 정장을 입은 채 유모차를 몰고 어린이집에 아이를 등원시키는 또래 직장인 엄마를 보면 유심히 그 모습을 관찰하기도 했다.

결국 결혼 후 두 달 만에 떠난 신혼여행에서 해묵은 과제가 터지고 말았다. 회사 생활로 지친 피로감은 신혼여행을 와도 쉽게 풀리지 않았다. 제주도 해안도로를 드라이브하며 짙푸른 여름 바다를 보아도 컨디션은 난조를 보였다. 남편이 카페에서 광활한 바다를 바라보며 불쑥 말을 꺼냈다.

"아기가 태어난 후를 생각하면 정말이지 두렵기

도 해. 계획을 잘 세워야 할 것 같아."

"……"

"내가 1년 육아휴직을 쓸게. 그리고 그 후로는… 당신
은 어떻게 할 거야?"

"……"

나는 꿀 먹은 벙어리가 됐다. 왜 갑자기 이런 이야기를
꺼내는지 알 수 없었다.

"우리 회사에 있는 아이 키우는 사람들을 보면 보통 아
침 8시에 출근을 하고 오후 5시에 퇴근하더라고. 어린이
집에 아이 데리러 가는 게 그게 편한가 봐. 난 탄력근무
를 신청해볼게. 당신은 어떻게 할 생각이야?"

"……"

당신은 어떻게 할 거야, 이 물음에 연거푸 답을 내놓
지 못한 나는 긴 한숨을 내쉬고 있었다.

"나는 뭐 답이 없지. 뭐 답이 있을까? 육아휴직 1년
이 다야. 끝나면 어린이집 바로 보내야지."

"왜 육아휴직이 1년이야? 우리 회사는 2년이야."

"원래 1년이야."

"공무원은 3년이잖아. 에휴, 왜 이런 걸 이렇게 다 중구

난방으로 해놓냐고."

남편은 초록색 검색창에 '육아휴직'을 친 뒤 '남녀고용
평등법상 육아휴직은 1년 이내로 한다'란 문구를 확인
하고는 툴툴거렸다. 남편의 질문에 뭐라도 방어를 해야
겠다고 나선 나는 올해 들어 회사 노동조합에서 기존 육
아휴직에 무급 1년을 확대하겠다는 공약을 들고 나왔다
고 알려줬다. 실현 가능성은 물론 알 수 없다. 즐거운 신
혼여행에서 남편이 왜 갑자기 이 주제를 꺼내는지 도
통 알 수 없었다. 나는 예민하게 반응했다.

"그러니까 내가 진즉부터 답이 없다고 했잖아. 2년 후
내가 어떤 업무를 하게 될지도 도통 가늠할 수 없는
데. 내 일정을 나도 모르는데 무슨 계획은 계획이야. 다 소
용없어."

내 정신없는 생활을 어디부터 설명해야 할지 몰라 그
저 화장실에 다녀오겠다고 했다. 잠깐 그 자리를 벗어
나 겨우 흥분을 가라앉힌 후 다시 탁자로 돌아왔다. 커
피 한 모금 마시고 천천히 설명을 시작했다.

"그러니까 나는, 출퇴근 시간을 조정하는 게 문제가 아
니라 정말이지 단 몇 시간도 정신적 여유가 없다는 게 문

제야.”

“그러니까 우리가 계획을 잘 세워야 할 거 같아.”

“계획을 못 세우는 게 문제라고 내 말은.”

회사 생활을 하면서 아니, 취준생 때부터, 아니 그전부터, 한 치 앞도 내다보지 못하고 사는 게 일상이었다. 미래에 대한 계획은 늘 세울 수가 없었다. 정 아이를 원한다면 저지르고 볼 수밖에 없다고 했다. 대화는 돌고 돌아 끝이 없었다. 이렇게 신혼여행을 망칠 순 없다고 생각한 우리는 자리를 박차고 나와 렌터카를 끌고 다시 해안도로 드라이브를 시작했다.

마곡동 거리를 걷다 보면 임신부와 어린이가 흔히 보인다. 하루는 퇴근 후 저녁을 먹고 집 근처를 한 시간 산책했는데, 길에서 임신부를 세 명이나 만나 무척 신기하다고 생각했다. 곳곳에 있는 놀이터는 유아기 아이를 데리고 나온 엄마 아빠들과 미끄럼틀을 타는 아이들로 북적인다. 이사 오기 전에는 좀처럼 볼 수 없던 풍경이다.

어린이와 임신부를 자주 만나는 환경은 나의 시야도 조금 바꿔놓았다. 깔끔한 계획도시가 주는 쾌적함은 평생 딩크족을 꿈꾸던 나를 조금씩 변화시키고 있다. 어쩌면 다른 세계도 있을지 모른다는 상상을 하게 됐달까. 인구학자 조영태 서울대 보건대학원 교수는 대도시의 지나치게 과밀한 환경이 저출산과 연관 있다고 설명[1]해왔는데, 나는 이곳으로 이사한 뒤 매일 일상에서 그의 생각에 공감하고 있다. 높은 인구밀도 속에서 공간 부족과 과열 경쟁에 시달리는 한, 인간은 자손을 번식할 여유가 없다는 것이 그의 설명이다. 비좁아 죽겠는데 사람이 더 필요하다는 생각이 들겠는가.

혼잡한 도심의 좁은 자취방에서 살 때는 내가 출산할 수 있는 가임기 여성이라는 생각을 전혀 하지 못했다. 분초를 다투며 일을 하고 있는데 웬 아기? 게다가 일은 내 생계와도 직결된 문제였다. 직장에서 내게 주어진 일을 해내지 못했을 때 나는 생계 수단을 잃을 수도 있는 게 현실이다. 일에 지장을 주는 일인 임신을 감히 생각할 수 있었던가. 결혼을 하면서 임신 가능성에 대

---

1 《인구 미래 공존》, 조영태, 북스톤, 2021. 파트 1-6. 인간 본성에서 찾아본 초저출산의 원인. 이 책은 '출생'(birth)과 '출산'(fertility) 중 '출산'이 인구학적 용어라며 '저출산'으로 표기하고 있다. 인구학에서 출생은 아이가 태어나는 것을 의미하고, 출산은 아이가 생겨나 모체 배 속에서 자라 세상에 나오는 일련의 과정을 모두 포함하는 개념이다.

해 생각은 했지만, 적극적으로 출산을 생각해볼 여유가 없었다.

그러다 행동반경이 넓은 생활 공간과 쾌적한 환경을 누리게 되면서 시야가 조금 넓어지는 것을 느낀다. TV 채널을 돌리다 육아 예능을 보는 날이 생겼고 저녁 산책길에 남편과 함께 동네 놀이터에서 뛰노는 아이들을 구경하기도 한다. 아파트 단지를 걷다 불 켜진 거실에서 장난감을 늘어뜨리고 노는 아이를 보면 우리 부부의 거실도 저렇게 될까 상상을 해본다. 사는 환경이 달라지자 그제야 내가 가임기 여성임을 자각하게 되었는데, 이 변화는 당사자인 나조차 낯설고 익숙지 않은 것이었다.

현실적으로 아이를 낳을 것인가, 말 것인가를 결정하게 하는 것들은 단지 주변 공간과 주거 환경만은 아닐 것이다. 이 부분이 잠시 해결되었다고 해서 나는 "이제 아이를 낳을 거다!"라고 확정적으로 이야기할 수는 없다. 그러나 사는 곳 하나만 바뀌었을 뿐인데 아이의 가능성을 떠올리는 것을 보면, 우리가 사는 환경이 출산을 결정하는 데 얼마나 중요한 것인지를 새삼 느끼게 된다.

3급수에서 1급수에 왔는데도

✳

"누나, 아직도 안 샀어? 그럼 지금 전세야? 앞으로 계속 오를 텐데….."

"작은 거라도 꼭 사서 시작하세요. 제가 결혼해서 살아보니까 사서 시작하는 게 중요하더라고요."

나는 서울에 오고 15년 만에 방에서 사는 생활을 탈출했지만 여전히 전세 난민 신분이었다. 가는 곳마다 나를 걱정해주는 따뜻하지만 부담스러운 격려들이 이어졌다.

이사한 집은 더할 나위 없이 좋았다. 햇볕이 쏟아지는 널찍한 거실, 욕조가 있는 욕실, 바람이 솔솔 불어오는 베란다… 방 세 개에 화장실 두 개인 30평대 신축 아파트는 말이 더 필요하지 않았다. 마치 물고기가 3급

수 정도의 혼탁한 물에 살다 깨끗한 1급수로 옮겨진 기분이었다. 갑자기 1급수로 옮겨지면 물고기는 죽는다는데, 나는 사람이라 그런지 마냥 좋을 뿐이었다. 3급수에서 1급수로 옮기면서 나는 신체부터 정신까지 모든 게 향상되는 걸 느꼈다.

그렇게 나의 주거 환경은 월등히 좋아졌지만 여전히 사람들은 나를 '전세 난민'이라며 딱하게 여겼다. 아니, 다른 사람들의 시선이 문제가 아니었다. 내 안에 남아 있는 불안의 불씨를 잠재우기 힘들었다. 매일 아침 신문을 볼 때마다, 퇴근 후 집에 와 TV를 틀 때마다, 인터넷 포털사이트에 올라오는 뉴스 목록을 볼 때마다, 서울 집값은 '사상 최고가 경신'이란 구절이 되풀이됐다.

전세가라도 좀 천천히 올라갔으면 했지만 나의 바람과 현실은 달랐다. 이사한 뒤 얼마 후 서울의 평균 아파트 전세 가격이 6억 원을 훌쩍 넘어섰다는 기사가 신문 1면을 장식했다. 불과 1년 전 4억대에서 1억하고도 몇 천이 더 오른 것이라고 했다. 이 정도 속도라면…. 남편이 결혼 전 4년간 살았던 오피스텔은 신혼집으로 이사 올 무렵 계약 당시 금액에서 4년 만에 정확히 두 배로 뛰어 있었다. 불안이 밀려왔다.

2020년에 새로 만들었다는 임대차계약 갱신권. 2년을 살면 세입자가 계약을 1회 더 연장해 2년 더하기 2년, 총 4년을 살 수 있게 한 제도다. 우리 부부는 김칫국을 열심히 마셨다. 새 제도가 생겼으니 이 집에서 4년은 살 수 있겠어. 열심히 머리를 굴리며 계약할 때 운을 띄웠다. 중개사는 열과 성을 다해 협상에 임해주었다.

"세입자분들이 젊은(사실 별로 젊진 않다) 신혼부부라 오래 살았으면 하고 있는데요, 2년 뒤 계약 갱신을 협의했다고 체크할까요?"

요즘 전세 계약서에는 2년 뒤 계약 갱신 여부를 협의했는지 체크하는 란이 별도로 마련돼 있었다. 중개사는 원활하게 협의가 되도록 열심히 사전 작업을 해주었지만, 집주인의 한마디로 모든 상황은 정리되었다.

"2년 뒤 일을 누가 알겠습니까."

그렇게 우리 집 전세 계약서의 계약 갱신 협의란에는 '협의하지 않음'에 V 자 모양이 체크되었다. 그러니까 내가 지금 누리는 이 1급수는 딱 2년만 가능한 행복이란 뜻이었다.

결혼 후 행복한 나날이 이어졌지만 어느 식사 자리에 가든 집 이야기가 빠지는 모임은 없었다. 몇 년 전부터 사람 두세 명만 모이면 화제는 부동산 이야기로 수렴되곤 했었다. 어디에 얼마가 올랐다는 둥, 우리 집만 안 올랐다는 둥… 이런 푸념은 귀엽게 흘려들으면 그만이었다. 몇 달 뒤 바뀌는 정부의 새 제도에 대응하려면 지금 뭘 해야 하는지, 아주 세부적인 정보 교환부터 치열한 논쟁까지, 식사 중에 단골손님처럼 찾아오는 부동산 이야기를 듣다 보면 머리에 쥐가 나는 듯했다.

문제는 내 안의 불안을 부추기는 주변의 말들이었다. 그래서 집 없는 너는 어떻게 할래? 무주택자가 제일 불쌍해 쯧쯧. 그 어떤 안부 인사로 시작해도 결론은 비슷했다. 그래서 너는 지금 살 곳이 있느냐, 그러니까 서울에서 앞으로도 계속 살 곳이 있느냐, 지인들과 서로의 안부를 묻는 자리에서 핵심 질문은 결국 이것이었다.

"요즘 전세 구하기 힘든데 잘 구했네. 꼭 거기서 내 집 마련을 하도록 해."

오다 가다 결혼을 축하해주는 사람들이 '내 집 마련'이란 단어를 꺼내기라도 하면 나는 큰 숙제를 떠안은 듯 무

거운 짐을 진 기분이었다. 거의 모든 대화의 화젯거리
가 부동산인 상황에서 점심 식사나 저녁 회식에 갔다 오
면 급격히 피곤해지곤 했다. 얼마 전 갓 누리게 된 행복
감마저 맘껏 즐길 수 없었다. 난 분명 지금 행복한데, 미
래를 생각하면 불안감이 파도처럼 밀려왔다. 사랑하
는 사람과 보금자리를 마련했다는 기쁨에도 나는 온전
히 행복할 수가 없었다.

집이 있는 사람들이라고 해서 결코 이 거대한 불안에
서 자유로운 것 같지 않았다. 오히려 더 전전긍긍해하는
듯했다. 어느 동네는 얼마 올랐는데 자기 동네는 그에 절
반밖에 안 올랐다, 지금이라도 이 집을 팔고 어디로 이사
를 가야 한다, 정부가 몇 달 뒤부터 제도를 바꾸는데 그
때 낭패를 보지 않으려면 지금 뭘 해야 한다… 집이 있
는 사람들의 고민 역시 커 보였다.

"이제 우리가 곧 마흔인데, 좁은 집에서 아끼면서 반백
살을 맞이한들 그땐 과연 상황이 나아질까."

결혼 전 신혼집을 구하는 과정에서 우리가 내린 결
론은 '마흔에라도 넓고 깨끗한 집에 살아보자'였다. 당

시 우리는 가진 예산으로 ①넓고 깨끗한 꽤 괜찮은 전셋집과 ②무지막지한 대출을 껴안은 열악한 자가. 둘 중에 선택을 해야 했다. 우리의 손이 닿을 수 있는 매물은 미래의 상품 가치가 그리 높아 보이지 않았다. 그것들을 매매한다면? 좋지 않은 주거 컨디션을 견디며 어마어마한 대출을 갚아나가야 할 것이다. 알 수 없는 미래를 위해 지금의 불편한 주거 상황을 견디는 건 살면서 이미 할 만큼 해보지 않았는가.

마흔 살에는 미래를 위해 희생하지 말고 지금 행복한 집에서 살자는 게 우리의 생각이다. 우리는 지금의 환경에 무척 만족한다. 또한, 우리의 선택을 믿는다. 하지만 밑도 끝도 없이 밀려오는 서울의 주거 불안 속에서 탈서울이란 고민은 쉽게 끝나지 않음을 매 순간 느낀다.

지금은 잠시 마곡댁이 되었지만 2년 뒤, 4년 뒤, 10년 뒤의 우리는 어디에서 살고 있을까. 여전히 탈서울로 가는 여정은 계속될 것이다. 미래를 위해 나는 모든 가능성을 열어두기로 했다.

에필로그

대학 4학년 때 겨울방학을 맞아 보름간 호주 배낭여행을 했다. 호주 동쪽 해안을 따라 한국에서 가장 가까운 브리즈번부터 시작해 시드니, 캔버라, 멜버른, 애들레이드, 퍼스를 2~3일씩 머물며 이동하는 코스였다. 숙소 대신 큰 버스에서 하룻밤 자고 일어나면 다음 도시에 도착해 있는 식이었다.

호주의 도시는 제각각 매력이 있었다. 위도가 달라지는 까닭에 브리즈번에서는 분명히 민소매 티셔츠를 입고 다녔는데 시드니쯤부터는 한겨울 패딩을 입어야 했다. 날씨와 기후에 따라 지역마다 자라는 나무와 풀이 달랐고, 그래서 자연 풍경도 확연하게 달랐으며, 주로 볼 수 있는 건물 모양도 이동할 때마다 조금씩 바뀌었다. 왜

인지 사람들의 표정이나 분위기도 달라 보였다. 나라의 역사가 기껏 200년 정도밖에 되지 않지만 도시는 저마다 색깔이 있었다. 유명한 시드니나 행정 수도 캔버라가 아니라도, 각 도시들은 저마다 사람들이 모여 사는 근거지가 되었다.

프랑스를 여행해도 북부, 중부, 남부 패키지가 따로 있고, 이탈리아 여행에도 8대 도시 투어가 있다. 스페인을 좋아하는 사람들은 바르셀로나 마드리드 말고 지역의 유서 깊은 도시들에 충분히 머무는 게 더 좋았다고들 한다.

그런데 왜 우리나라는 오로지 서울 하나인가. 우리나라에도 서울 아닌 다른 지역이 살아 있었으면 좋겠다. 태어나 줄곧 그 지역에 살아도 자연스러운 사회 분위기 속에서 서울에 가지 않아도 공부하고 취직하는 데 별 지장이 없었으면 좋겠다. 청소년기에 대도시로 가지 않으면 왠지 낙오되는 기분 따윈 느끼지 않아도 되는 그런 분위기 말이다.

한겨레출판의 허유진 편집자는 이 책의 기획 과정에서 10년 후 이 책의 후속편이 나와도 좋겠다고 조언해주었다. 2021년 탈서울을 꿈꾸던 30대 직장인은 그래서 10년 뒤 탈서울을 했을까, 못 했을까. 그때 우리나라의 수도권 집중 상황을 읽어주는 책이 또 나와도 흥미롭겠다는 생각이 들었다. 10년 후가 빠르다면 20년 후도 좋다. 아니, 30년 후도 좋으니 우리나라도 어느 지역에 살든 도시 저마다 매력을 느낄 수 있는 그런 때가 왔으면 좋겠다.

10년 후 나는 어디에서 살고 있을까. '탈서울'도 싱글의 특권이라 생각하는 나는 이제 가정과 함께 묶인 몸이 되었다. 농담 삼아 거주 이전의 자유를 상실했다고 말하고 다니곤 한다. 나는 서울 마곡동에서 계속 살게 될까, 다가올 미래가 나도 궁금하다. 내가 이 책에서 기록한 일곱 분의 스토리에도 담겼듯, 어디에서 살든 너무 무겁게 생각할 필요는 없을 것 같다. 10년 후에도 할 이야기가 또 있을 것 같다. 2030년엔 서울이 아니라도 행복할 수 있었으면 좋겠다.

탈서울에 관한 정보를 얻는 방법

1

도청, 시청, 구청, 군청 홈페이지를 방문해 인구유입서비스, 복지지원과, 일자리과, 귀농 귀촌 정보 탭 등을 클릭해 해당 지역에 이사할 경우 얻을 수 있는 혜택을 알아본다. 해당 과 전화번호를 찾아 궁금증을 문의해볼 수도 있다(관련 탭이 없다면 종합민원과). 당장 직접적인 정보를 주지 않더라도 해당 지역에 이사한 주민들과 가장 빈번하게 교류하는 담당자와 소통할 수 있다. 유입 인구에 대한 지자체 지원은 해당 지역마다 세부사항이 모두 다르니 지역마다 체크해야 한다.

* Tip! : 강원 양양 이지원 씨

"지역에 대한 정보를 수집하는 게 제일 중요하지 않을까요. 알게 모르게 정부 지원 사업이나 정책들도 많은 것 같아요. 관련 지자체 홈페이지 등에 자세히 나와 있더라고요. 저희도 서울에서 이사 온 신혼부부 주거 비용 지원 사업에 신청해 3년간 주거비를 지원받고 있어요."

♦ 예시 : 나의 경우 정읍시청 홈페이지를 자주 방문했다.

● 시청 홈페이지 분야별 정보 > 인구유입서비스 > 출산양육지원, 교

육지원, 청년지원, 기타지원

(전입지원금 지급, 신혼부부 전세자금 대출이자 지원, 신중년 취업지

원 사업 등)

● 시청 홈페이지 분야별 정보 > 인구유입서비스 > 귀농 귀촌 지원

(귀농 농업창업 및 주택 구입, 귀농인 영농정착 지원 사업, 귀농주택

농지정보 등)

2
관심 있는 지역에서 일자리를 연결해주는 공공기관을 찾아본다

생업에 대한 고민을 철저히 한 뒤 탈서울을 택해야 한다. 구체적

인 계획이 없다면 전국 160곳에 있는 '새일센터'에 연락해 상담해

보는 방법도 있다. 관심 있는 지역에서 가까운 새일센터는 전국새

일센터 안내에서 찾을 수 있다.

＊Tip! : 경기 이천 해피맘 님

"저는 죽 전업주부로 살다가 그림책 활동가라는 직업을 갖고 싶

어서 서울에서도 직업센터를 통해 1년 정도 준비를 했어요. 그런데 일자리로 이어지지 못했어요. 이천으로 이사하면서 이천여성새로일하기센터에 등록해 독서 동아리에 들어가게 되었어요. (…) 여기 이천센터에서 그림책 활동가로 강의를 주선해주고 지원도 많이 해주셨어요."

♦ 예시

● 경기도에 지정된 29개소의 여성새로일하기센터는 취업 상담, 직업교육훈련, 취업 연계, 취업 후 사후관리 등 종합적인 취업 지원 서비스 운영 중. 대표전화는 집에서 가장 가까운 여성새로일하기센터로 연결해준다. 경기여성새로일하기센터(대표번호 1544-1199).

3

미리 한 달 정도 살아볼 기회를 만든다

"실행하기 전 테스트를 해보세요."(춘천 김영길 씨)

"살고 싶은 곳에 가서 1주든 2주든, 한 달이든 머물러볼 필요가 있습니다."(제주 이선재 씨)

잠시 머무는 것과 살아보는 것은 큰 차이가 있다. 여행과 생활은 엄연히 다르기 때문이다. 최근엔 정부나 민간단체의 한 달 살기 프로그램도 풍부하고, 별도의 프로그램이 아니어도 에어비앤비 등 적당한 숙박 플랫폼을 통해 중장기 주거를 확보한다면 관심 있는 지역에서의 생활이 가능하다. 앞서 언급한 나의 지인은 지자체 한 달 살기 프로그램에 참여한 뒤 지자체에서 농촌에 빈집을 개조한 주거를 연속해서 지원해줬고 1년간 그 지역에서 살았다. 로컬 스타트업에 취업한 수빈 씨의 경우 일단 인턴으로 일을 시작했고, 그 지역의 생활이 만족스럽자 몇 달 뒤 직원이 되었다.

* Tip! : 춘천 김영길 씨

"실행하기 전 테스트를 해보세요. 저희도 춘천으로 완전히 이사하기 전에 단독주택 월세로 한 3개월간 살아봤습니다. 자신이 원하는 탈서울의 라이프 스타일을 직간접적으로 경험해보는 것을 추천해드립니다. 요즘은 한 달 살기 같은 프로그램도 많이 운영되고 있으니까요."

◆ 예시

관심 있는 지역이 시군 지역 농촌일 경우 농림축산식품부 '농촌에서 살아보기' 프로그램을 활용할 수 있다. 귀농 귀촌 실행 전 도시민들이 농촌에 거주하며 일자리, 생활 등을 경험할 수 있는 기회다. 참가자는 운영마을에서 제공하는 숙소에서 지내며 마을별로 마련한 프로그램

에 참여한다. 2021년엔 전국 88개 시군에 있는 104곳 마을에서 운영
되었다. 연수비 지원 등 다양한 공적 서비스와 함께 지역민과 교류도
가능하다.

귀어귀촌종합센터　　　**귀농귀촌종합센터**

4

주거를 알아본다

| 포털사이트 부동산 코너에서 해당 지역을 검색해 시세를 알아본다.
(네이버부동산, 다음부동산, 직방, 다방, 호갱노노 등)

| 준비한 예산 범주에 관심 있는 매물이 보이면 해당 지역 부동산
에 전화해본다.

| 시간 내어 방문해본다.

| 구옥 리모델링이나 직접 부지를 매입해 건물을 올리는 방법도
있다.

| 정부가 운영하는 귀농귀촌종합센터에 관심 있는 지역을 등록하
고 주택 정보를 알아본다. 주택뿐만 아니라 일자리부터 지역 정보
까지 귀농 귀촌에 관한 모든 사항을 질문할 수 있다.

5

주변 상권을 잘 살펴 내가 관심 있는 지역과 염두에 둔 주거지 주변에 생활 기반 시설이 얼마나 갖춰져 있는지 고려해야 한다. 생필품과 식재료를 살 수 있는 마트, 약국이나 병원, (자녀가 있다면) 육아 관련 기관 등도 함께 알아봐야 한다. 아이가 다닐 어린이집이나 유치원, 학교가 얼마나 인접한지, 집 근처와 시내를 이어주는 대중교통 상황이 어떤지도 체크해야 한다. 자차를 구할 것인지도 알아본다.

◆ 예시

● **육아**

중앙육아종합지원센터(서울)부터 각 시도에 19곳 전국육아종합지원센터가 있다. 주로 0~7세 보육과 양육에 대한 정보를 지원한다. 가까운 어린이집 이용이나 가정양육지원과 관련된 종합 안내를 받을 수 있다.

전국육아종합지원센터(대표번호 1577-0756)

전국센터현황

● 병의원

전국 의료기관 현황, 의료자원분포, 특수의료기관 등 지도로 시각화해 내가 관심 있는 지역의 의료 인프라를 확인할 수 있다. 내가 관심 있는 지역에 종합병원, 병원, 의원, 보건소, 치과, 약국, 한의원, 한방병원, 요양병원, 조산원 등이 있는지 구체적으로 알 수 있다.

보건의료빅데이터개방시스템

● 실질적인 정보

지역 맘카페, 당근마켓 앱의 동네 생활 등도 활용할 만하다.

＊Tip! : 춘천 김영길 씨

"아이가 있다면 너무 시골로 가지 말고 마트, 학교, 병원 등이 5킬로미터 내외에 있는 지역을 찾는 게 좋아요."

6

지인 찬스

먼저 지역에 터전을 잡고 살고 있는 친구, 친척 등에게 기꺼이 모르는 내용을 묻고 진솔한 경험담을 얻는다. 공개된 정보가 아닌

생생한 정보는 사람을 통해 얻는 경우가 많다. 아는 사람이 있다면 결정 과정과 정착 후에 심리적 안정도 얻을 수 있다.

◆ 예시

● 이천 해피맘 님의 배우자분은 친척이 일하고 있던 물류센터로 일자리를 옮길 기회를 얻었다.

● 부산 김이름 씨는 부산에 교류할 친구들이 있어서 그 지역에서 창업을 결심했다.

● 전주 성푸른 씨는 전주에 친구가 있어서 이사한 뒤 인적 네트워크를 형성할 수 있었다.

참고문헌

감사원. 감사보고서 〈인구구조 변화 대응실태1(지역)〉. 2021년 7월.

경제협력개발기구(OECD) 지음, 〈OECD 지역 전망(Regional Outlook) 2019 보고서〉, 국토연구원 국가균형발전지원센터 펴냄.

고용노동부 최저임금위원회 〈비혼 단신근로자 실태생계비 분석보고서〉 2020년 6월.

국토교통연구원 〈소멸위기 지방도시의 지역 유형별 이동권 확보방안 연구〉 임서현, 홍성진, 2019.

국토연구원 〈기업 본사의 지방 이전 최근 동향과 정책 시사점2 : 국내 현황과 과제〉, 허동숙 국가균형발전지원센터 부연구위원 외. 2021년 8월.

농림축산식품부 '2022년 농촌에서 살아보기를 시작합니다' 보도자료, 2022년 2월.

《슬기로운 뉴 로컬생활》(스토어하우스, 2020) 중 '낭만가족의 제주살이'(서귀포 솔앤유 독립출판사&어썸제주 박산솔).

《인구 미래 공존》(북스톤, 2021), 조영태 서울대 보건대학원 교수, '파트1-6 인간 본성에서 찾아본 초저출산의 원인'.

서울시 '2021년 1/4분기 서울특별시 주민등록인구통계' 2021년 4월.

지역 고용동향 브리프, 〈지역의 일자리 질과 사회경제적 불평등〉, 이상호 한국고용정
보원 지역일자리지원팀장. 2019년 봄호.

지역정책연구 〈지역별 청년층의 취업특성 및 일자리의 질 분석〉. 제32권 제3호. 황광
훈 한국고용정보원 책임연구원 외. 2021년 12월.

통계청 '2019년 임금 근로 일자리 소득(보수)' 2021년 2월.

통계청 '2020년 국내인구이동통계 결과' 브리핑 속기자료. 2021년 1월.

통계청 '2020년 임금 근로 일자리 소득(보수)' 2022년 2월.

통계청 '2021년 국내인구이동통계 결과' 2022년 1월.

통계청 '최근 20년간 수도권 인구이동과 향후 인구전망' 2020년 6월.

한국지방행정연구원 〈인구감소대응 지방자치단체 청년유입 및 정착정책 추진방안〉
박진경, 김도현, 2020.

행정안전부 '행안부, 89개 지역을 인구감소지역으로 지정' 보도자료, 2021년 10월.

희망제작소 '어디 사람 프로젝트' 〈지역차별언어찾기 워크북〉, 2021년 9월.

탈서울 지망생입니다

© 김미향, 2022

초판 1쇄 발행 2022년 5월 4일
초판 2쇄 발행 2023년 5월 4일

지은이 김미향
발행인 이상훈
편집2팀 허유진 원아연
마케팅 김한성 조재성 박신영 김효진 김애린 오민정

펴낸곳 (주)한겨레엔 www.hanibook.co.kr
등록 2006년 1월 4일 제313-2006-00003호
주소 서울시 마포구 창전로 70(신수동) 화수목빌딩 5층
전화 02) 6383-1602~3
팩스 02) 6383-1610
대표메일 book@hanien.co.kr

ISBN 979-11-6040-818-8 (03810)